文春文庫

雨《あ》降《ふり》ノ山《やま》

居眠り磐音（六）決定版

佐伯泰英

目次

「居眠り磐音」 主な登場人物

坂《さか》崎《ざき》磐《いわ》音《ね》
元豊後関前藩士の浪人。藩の剣道場、神伝一刀流の中戸道場を経て、江戸の佐々木道場で剣術修行をした剣の達人。

小《こ》林《ばやし》奈《な》緒《お》
磐音の幼馴染みで許婚《いいなずけ》だった。琴平、舞の妹。小林家廃絶後、遊里に身売りし、江戸・吉原で花魁《おいらん》・白鶴《はつかく》となる。

坂《さか》崎《ざき》正《まさ》睦《よし》
磐音の父。豊後関前藩の国家老。藩財政の立て直しを担う。妻は照埜《てるの》。

福《ふく》坂《さか》実《さね》高《たか》
豊後関前藩の藩主。従弟の利高《としたか》は江戸家老。

中《なか》居《い》半《はん》蔵《ぞう》
豊後関前藩江戸屋敷の御直目付。

金《きん》兵《べ》衛《え》
江戸・深川で磐音が暮らす長屋の大家。

おこん
金兵衛の娘。今津屋に奥向きの女中として奉公している。

鉄五郎《てつごろう》　鰻屋「宮戸川」の親方。妻はさよ。

幸吉《こうきち》　深川の唐傘《からかさ》長屋に暮らす叩き大工磯次《いそじ》の長男。

今津屋吉右衛門《いまづやきちえもん》　両国西広小路に両替商を構える商人。内儀はお艶《えん》。

由蔵《よしぞう》　今津屋の老分番頭。

佐々木玲圓《ささきれいえん》　神保小路に直心影流の剣術道場・佐々木道場を構える磐音の師。

品川柳次郎《しながわりゅうじろう》　北割下水の拝領屋敷に住む貧乏御家人の次男坊。母は幾代《いくよ》。

竹村武左衛門《たけむらぶざえもん》　南割下水吉岡町の長屋に住む浪人。妻・勢津《せつ》と四人の子持ち。

笹塚孫一《ささづかまごいち》　南町奉行所の年番方与力。

木下一郎太《きのしたいちろうた》　南町奉行所の定廻り同心。

北尾重政《きたおしげまさ》　絵師。版元の蔦屋重三郎《つたやじゅうざぶろう》と組み、白鶴を描いて評判に。

中川淳庵《なかがわじゅんあん》　若狭小浜藩の蘭医。医学書『ターヘル・アナトミア』を翻訳。

四郎兵衛《しろべえ》　吉原会所の頭取《かしら》。

権造《ごんぞう》　富岡八幡宮の門前にやくざと金貸しを兼業する一家を構える親分。

『居眠り磐音』江戸地図

新吉原
寛永寺
上野
不忍池
浅草
待乳山聖天社
浅草寺
向島
業平橋
品川家
北割下水
本所
竹村家
南割下水
横川
柳原土手
両国橋
金的銀的
竪川
今津屋
大川
鰻処宮戸川
六間堀
日本橋
猿子橋
小名木川
新大橋
鎧ノ渡し
深川
金兵衛長屋
霊岸島
八丁堀
永代橋
永代寺
富岡八幡宮
佃島

護国寺
小石川
本郷
豊後関前藩
上屋敷
牛込
湯島天神
神田川
神田明神
佐々木道場
駿河台
市谷八幡宮
神保小路
内藤新宿
江戸城
四谷
四谷御門
麹町
平川天満宮
南町奉行所
数寄屋橋御門
溜池
原宿
愛宕権現
増上寺
芝
渋谷
至 品川宿、海晏寺

雨降ノ山

居眠り磐音（六）決定版

第一章　隅田川花火船

一

両国橋から浅草にかけて屋形船や屋根船などの涼み船が出るようになれば、江戸も本格的な夏の到来である。

屋形船は、大名や高家《こうけ》旗本の武家たちが平底の船に屋根をのせ、大勢の家来や女中衆を供に乗り回したのが初めとされる。

慶長《けいちょう》期（一五九六〜一六一五）のことだ。

この納涼船は、承応《じょうおう》期（一六五二〜五五）に下ると最も盛んになり、趣向を凝らした屋形船が川面を埋め尽くした。

だが、明暦《めいれき》の大火で江戸の半分ほどが焼け、大勢の犠牲者を出したため、屋形船も資材の運搬船として徴用され、船遊びもいったんは途絶えた。

江戸の町が復興した万治期《まんじ》（一六五八～六一）になると再び流行《はや》りだし、大名家では競って船長八、九間の屋形船を造り、中には十一間におよぶ大型納涼船まで現れるようになった。

その上、屋形船の舳先《へさき》を飾り、先祖伝来の槍《やり》を立てさせ、用人にはわざわざ凝った肩衣《かたぎぬ》を着せる大名衆まで出てきた。

普段は川岸に舫《もや》ってある屋形船に寝泊まりする盗賊一味が現れたのは、天和《てんな》の時代（一六八一～八四）のことだ。そこで幕府は大型屋形船を止めたとある。

だが、庶民であれ、大名高家であれ、いったん流行った楽しみは早々にはなくならないものだ。

宝永《ほうえい》三年（一七〇六）には、幕府は屋形船百隻までと定めた触れを出させた。制限を出さねばならなかったほど、贅《ぜい》を尽くした大型の屋形船が増えたということであろう。

屋形船が武家の贅沢《ぜいたく》ならば、金持ちの町人の楽しみは、屋根船を大川に押し出すことだ。

屋根船は日除《ひよ》け船ともいい、日中は人の往来に使われ、夕刻になると納涼船に早代わりした。

屋形船と同様、宝永三年の触れで百隻までと制限されたが、こちらも武家に対抗して装いを凝らした。

屋根船を仕立てるときには、船頭にまっさらの白木綿《しろもめん》の腹巻をさせ、誂《あつら》えた浴衣《ゆかた》に柿色の三尺帯を締めさせて、川風に裾《すそ》が靡《なび》いて、浴衣の腰から下が見えるようにわざと工夫してあった。女衆の目を意識して、
ぱあっ
と惹《ひ》き付けた。

むろん屋形船も屋根船も、長屋の住人の八っつぁん、熊さん、浪人者には無縁の乗り物だ。

せいぜい両国橋の上から、

「おっ、芸州四十二万石の浅野様の飾り槍が行くぜ。殿様よ、たまには本所の金公を呼んでくんな」

「馬鹿ぬかせ、貧乏長屋の棒手振《ぼてふ》りをだれが乗せるもんかい」

「あのたぼを見てみねえ、いい女っぷりだねえ。おれのかかあにしたいくらいだぜ」

「金公、それより屋根船から手を出してよ、盃《さかずき》を流れで洗う芸者の粋《いき》なこと」

「あれは柳橋のお萬《まん》だ、おれの馴染《なじ》みだぜ。今度よ、顔つなぎしてやろうか」

「はいよ、当てにせずに待ってらあ」

「ともかくよ、一夕、女を侍《はべ》らせ、大川で酒が飲みたいもんだぜ」

「夢のまた夢だな」

と好き勝手を言い合うばかりだ。

この夕暮れ前、坂崎磐音《さかざきいわね》は、両国西広小路の両替商今津屋《いまづや》から使いを貰《もら》い、両国橋を渡った。

西に傾いた陽射《ひざ》しが水面をきらきらと照りつけ、橋の上を通る人の目を眩《まぶ》しく射た。

川面にはまだ姿を見せていない納涼船に代わって、荷足舟《にたり》やら猪牙舟《ちょき》などの仕事船が慌《あわ》ただしく往来していた。

川幅百三十間の清い流れがゆったりと江戸の海に注ぎ込み、遠く霊峰富士の姿が三角に望めた。

磐音はそんな大川の光景に視線をやりながら橋を渡った。

広小路には露店や夜店が出て、夏場の賑《にぎ》わいを見せていた。

磐音は物売りの声を聞きながら、米沢町の角に分銅《ふんどう》看板を掲げる両替商今津屋の店先に立った。

今津屋は江戸に商いをする六百軒の両替商を束ねる、両替屋行司《ぎょうじ》を務めていた。

そもそも両替屋は、金銀の両替をする本《ほん》両替と、銭を交換する脇《わき》両替の二つがあった。

今津屋は本両替、脇両替を束ねている。したがって、出入りの客も高禄《こうろく》の大名家から兌換《だかん》屋の銭緡《ぜにさし》売りまで多様だった。

銭緡は一文銭に緡を通したもので、銭緡売りはつり銭商いの小店《こだな》などを回って兌換し、口銭《くちせん》を稼ぐ商いだ。

そんな大勢の人が今日も店に溢《あふ》れて活気に満ちていた。

だが、まだ若い小僧たちはつい広小路の賑わいに目がいき、仕事を忘れてしまう。

箒《ほうき》を刀代わりに仲間の小僧と剣戟《けんげき》の真似《まね》をしていた宮松《みやまつ》が、

「坂崎様、お元気ですか」

と声をかけてきた。

「小僧さんがのんびりしているところを見ると、帳場格子《ごうし》の主《あるじ》どのはお留守かな」

「老分《ろうぶん》さんは奥で旦那《だんな》様と話しておられます」

「道理でな」

今津屋の奉公人は他のお店と呼び名が違っていた。

宮松のような小僧は丁稚《でっち》と呼ばれ、店の内外の雑用をしながら、両替商いの仕組みと金子《きんす》の大切さを叩《たた》き込まれる。

その後、手代《てだい》、振場役《ふりばやく》、平秤方《はかりかた》、相場役《そうば》、帳合方《ちょうあい》、支配人と昇り、奉公人の筆頭の老分に到達するのだ。

宮松が順調に出世を重ねたとしても、老分に出世するには三十年やそこらの辛抱がいったのだ。こんな呼び方や店の仕組みは、今津屋の先祖が商いの本場の、大坂鴻池《こうのいけ》家に修業に行って覚えてきたものだ。

帳場格子には支配人の和七《わしち》が座っていた。

「坂崎様、おいでなさいませ。奥で旦那様と老分さんがお待ちにございますよ」

その声を聞きつけて、奥からおこんが姿を見せた。

今津屋の表を取り仕切るのが老分の由蔵《よしぞう》なら、奥向き一切の権限を持つのが、深川育ちのおこんだ。

「坂崎さん、いい季節になったわね」

「『目には青葉　山ほととぎす　初鰹《はつがつお》』と俳句にも詠《よ》まれた初夏、江戸が一番美しく映える季節ですね」

　磐音の語調はあくまでのんびりしていた。

「あら、そんなこと言って、もう初鰹を食べたの」

「残念ながら、長屋の住人には手が出ません」

　そうよね、と頷《うなず》いたおこんが、

「どてらの金兵衛《きんべえ》さんは元気」

　と自分の父親をこう呼んで訊いた。

「風邪《かぜ》も引いておられぬし、もはやどてらも脱がれました」

「なら、結構」

　磐音は店の隅から上がり、おこんの案内で奥に通った。

「旦那様、坂崎様がお見えになりました」

　おこんの声に、

「おおっ、来られたか。お呼び立てをして相すみませぬな。御用繁多であったのでありませんか」

と如才《じょさい》なく応じた。

磬音は座敷の端に正座すると丁寧《ていねい》にお辞儀して、

「今津屋どのも老分どのもご壮健の様子、祝着《しゅうじゃく》至極に存じます」

と挨拶《あいさつ》を返した。

「坂崎様、私どもを殿様にでもなった気分にさせてくれるご挨拶にございますな」

吉右衛門《きちえもん》が呆《あき》れ、付き合いの深い由蔵とおこんがにやりと笑った。

「坂崎さん、仕事は忙しいの」

川向こう育ちのおこんが歯切れよく訊いた。

「さし当たって宮戸川《みやとがわ》の鰻割《うなぎさ》きだけにござる」

「それはよかった」

おこんが答え、下がっていった。

残されたのは男だけだ。

「坂崎様、一晩だけですが、お手伝いくださいませんか」

と由蔵が本題に入った。

「両替屋行司の旦那様が接待役で屋根船を仕立てることになりましてな。ついては坂崎様にもお手伝いをお願いしたいのです」

「船遊びに、それがしがなんぞ役に立ちますか」

「まあ、お聞きください」

由蔵は、両替商を監督する勘定《かんじょう》奉行所の金座方、南北町奉行所の担当役人を毎夏接待するのが習わしだと説明した。

「お呼びする人数は十人ほどで、接待する側は旦那様を始め、両替商の幹部が六人といったところにございます。むろん柳橋のきれいどころを呼びましてな、十間の大屋根船・神田一丸を大川に浮かべます」

磐音は未だ自分の役どころが理解できなかった。

「柳橋の茶屋を出た船はゆっくりと浅草に向かって上り、夏の宵に胸襟《きょうきん》を開いて談笑するというわけです」

「老分どの、それで何か差し障《さわ》りがあるのですか」

磐音の問いに由蔵が頷き、

「船を出すのは花火解禁、川開きの宵にございます」

「はあ」

磐音は怪訝《けげん》そうな顔をした。

毎年五月の二十八日は両国の川開き、花火の上げ始めだ。

この宵、大川の川面は大小さまざまの船で埋め尽くされ、橋上も河岸も身動きできないほどの見物客で夜明け前まで込み合う。

とはいえ、磐音が出る幕はどこにもなさそうに思えた。

「坂崎様、まだお分かりいただけませんか」

「一向に」

由蔵がちょっと得意げに微笑して、

「あやかし船というのを耳にされたことはありませんか」

「いえ、とんと」

「そうでしょうな。私も出入りの町方に聞かされて知りました」

と頷いて続ける。

「近頃、芸者衆やら幇間《ほうかん》を乗せて歌や踊りを楽しむ屋形船やら屋根船が多うございます。するとどこからともなく、怪しげな男たちが乗った船が近付いてきましてな、大太鼓やら鉦《かね》を鳴らして嫌がらせをするというわけです。むろん、こやつらの狙《ねら》いは、金稼《かねかせ》ぎです。金で追っ払うのもいいが、なにしろ乗せているお客様が勘定奉行所のお役人やら町方です。お客様を不快にさせてもいけませんし、また諍《いさか》いが起こって怪我《けが》をされても困ります。そこで坂崎様には別の船にお乗りいただいて、追い払っていただこうという算段です」

磐音はおぼろに役どころを理解した。

「船にはうちの奉公人を乗せて折衝に当たらせます。坂崎様には、あやかし船の連中が騒がないようにしていただければよいのです」

「はい」

磐音が頷くのに続けて吉右衛門が、

「坂崎様、勘定奉行所と南北両町奉行所のお役人が新顔になりましてな、その顔合わせの席でもございます。できれば、諍いは起こしたくないのです。お分かりいただけましょうか」

と言い添えた。

「承知いたしました」

吉右衛門はさらに続けて、

「今ひとつ……」

「なにか」

「関前《せきまえ》藩の物産の江戸での卸し先でございますが、乾物問屋の若狭《わかさ》屋さんではどうかと思いましてな」

明和《めいわ》九年（一七七二）夏、坂崎磐音は豊後《ぶんご》関前藩江戸勤番を終え、国許《くにもと》へと帰参した。

連れは朋輩《ほうばい》の河出《かわで》慎之輔《しんのすけ》と小林琴平《こばやしきんぺい》で、三人は藩財政改革の希望に胸をふくらませていた。

だが、帰国したその夜に悲劇が起こった。

慎之輔が妻の舞《まい》を不義の科《とが》で手討ちにしたのである。

舞は琴平の妹だ。

舞の亡骸《なきがら》を受け取りに行った琴平が怒りに任せて慎之輔を斬り、琴平はさらに舞の不義を城下に言いふらした上役の倅《せがれ》を斬《き》り捨てた。

ただちに小林琴平上意討ちの命が下された。

自ら志願した磐音は壮絶な闘いの末、友を討ち果たした。

青雲の志を抱いて帰国した親友二人を一夜にして失った磐音は、豊後関前藩を抜けて江戸に戻った。

もはや藩改革は夢と消えていた。

ただ、関前に残した許婚《いいなずけ》の奈緒《なお》のことが気にかかった。だが、奈緒は琴平と舞の妹であり、病床に臥《ふ》す父親がいた。

江戸に連れてくることなど、到底叶《かな》うものではなかった。

ところが、この悲劇には隠された企みがあったのである。

藩改革をよしとせぬ関前藩の守旧派の国家老らが仕掛けた罠《わな》と知ったのは、江戸に出た後だ。

磐音は友の仇《あだ》を討つために立ち上がり、父親の中老、正睦《まさよし》らの助けを借りて国家老一味を倒した。

藩主福坂実高《ふくさかさねたか》も正睦も、磐音の関前藩帰参を勧めた。

だが、傷心の磐音は、江戸の市井に身を置く道を選び、関前藩の国家老に就いた正睦を藩の外から助けることにした。

豊後関前藩は、小藩の上に上方や江戸の両替商などに藩実収のおよそ五年分もの借財があった。

そこで今津屋の助けを借りて再建に着手したところだった。

その再建策とは、海産物に恵まれた関前の物産を藩の手で江戸に運び、高値で卸す試みであった。

資金の目処《めど》もついた。だが、江戸での販売の拠点が残されていた。

「今津屋どのには問屋までお考えいただいたのでございますか」

「うちが関わる以上、失敗《しくじり》は許されません。問屋もしっかりしたところでなければいけません。若狭屋は魚河岸《うおがし》でも名代の乾物商、蝦夷《えぞ》の昆布を松前《まつまえ》船で若狭の小浜《おばま》に上げ、江戸に運んで商いの基を創られた。身代もしっかりしておられるし、商いもかたい。若狭屋ならば、まずは間違いございますまい」

「仲介していただけますか」

吉右衛門が胸を叩いた。

「ならば、明日にでも関前藩の中居半蔵《なかいはんぞう》様に知らせます」

「仲介の日取りは、追ってお知らせします」

「よしなにお願い申します」

磐音はほっと安堵《あんど》の吐息をついた。

するとと由蔵が言いだした。

「旦那様の御用も終わったでな、坂崎様にお付けする振場役の新三郎《しんざぶろう》を引き合わせましょうかな」

その言葉をしおに二人は奥座敷から下がり、磐音は台所の広い板の間に行き、由蔵は店に戻った。

台所では女たちが家の者や大勢の奉公人の夕餉《ゆうげ》の仕度をしていた。

「話は終わったの」

とおこんが訊いた。

「御用のことなら、お聞きしました」

「なんだか釈然としない顔をしてるわね」

「うーむ」

町方役人の乗った納涼船にあやかし船なるものが近付き、はたして嫌がらせをするものであろうか、と磐音は考えないではなかった。

その気配をおこんは敏感に読み取っていた。

「あのね、ご支配のお役人と両替商が同じ船に乗り合わせての遊興は、昔からの親睦《しんぼく》の一環なの。幕府もご承知の習わしよ。でも、揉《も》め事があれば、監督するほうとされるほうが酒を飲んでいる席だもの。談合ではないか、賂《まいない》は交わされなかったかと、なんだかんだの話になるでしょう。あやかし船の連中は、そんなこと承知で乗り込んでくる手合いなのよ。だから、何事もなく花火見物が終わることが、こちらの望みなの。そうすることが坂崎さんの腕の見せどころなのよ」

「相分かった、おこんさん」

そこへ由蔵が若い新三郎を連れてきた。がっちりとした体格で明晰《めいせき》そうな瞳を持つ、若い奉公人だった。今津屋に親しく出入りを許された磐音ゆえ、新三郎の顔は承知していた。だが、これまで言葉を交わしたことはなかった。

「坂崎様、よろしくお引き回しのほど、お願いいたします」

新三郎が頭を下げ、

「こちらこそよしなに」

と挨拶を返した。

「坂崎様の他に品川《しながわ》様にもお頼みしようと考えておりますが、いかがですかな」

と由蔵が訊いた。

「ならば、帰りにでも品川さんの意向を聞いておきましょう」

「新三郎、明日にも坂崎様、品川様とよく相談をするのですよ。もはや日にちもありませんからな」

新三郎と磐音は由蔵の指図に頷いた。その二人を検《あらた》めるようにおこんが見て、

「お二人さん、浪人者とお店者の野暮ったい格好では、花火船には不釣合いよ。揃《そろ》いの浴衣を仕立ててあげるわ」

と胸を叩いた。

二

磐音は今津屋の奉公人らと膳《ぜん》を並べて、夕餉を馳走《ちそう》になった。

その後、おこんに貰った金鍔《きんつば》の包みをぶら提げ、両国橋を渡り、北割下水の品川柳次郎《りゅうじろう》の家を訪ねた。

すると縁側に筵《むしろ》を敷き行灯《あんどん》を点《とも》して、柳次郎と母親の幾代《いくよ》は虫籠《むしかご》作りの内職をしていた。

江戸の町を虫売りが歩くのは六月初めから七月の盆前までだ。

盆がくると、虫を飼っていた家も庭に放つ習わしがあった。

螢《ほたる》、蟋蟀《こおろぎ》、松虫、轡虫《くつわむし》などの籠が要《い》ることになる。少禄《しょうろく》の旗本家では季節ものの籠作りを内職の一つにしていた。

庭の畑では茄子《なす》などの夏野菜が作られており、涼風が青葉を揺らしていた。

長年の無役の御家人、貧乏とは切っても切れない縁の品川家だった。虫籠作りも野菜栽培も、家計を助ける御家人の家の工夫だ。

「おや、こんな刻限に坂崎さんが見えるとは珍しいですね」

柳次郎が言い、幾代も、

「坂崎様、茶を淹《い》れますでお掛けなさい」

磐音はおこんの持たせてくれた金鍔の包みを差し出した。

「おや、駿河《するが》町の紅梅屋の金鍔ではありませぬか。亡くなられたばば様が大の好物にございました」

「今津屋のおこんさんにいただきました。どうかご仏壇にお供えください」

「あの世でばば様が喜びましょう」

幾代が包みを持って奥に下がり、その間に磐音は用件を話した。

「川開きの花火の仕事ですか」

「品川さん、気乗りしませんか」

「気乗りもなにも、こんな機会でもなければ、川から花火なんぞ拝めませんよ。やりますとも」

「小舟ゆえ、竹村《たけむら》さんには声がかからなかった」

と磐音は子だくさんの仲間のことを気にした。

「竹村の旦那なら、心配ないですよ。今、横川の護岸の作事《さくじ》に出て日当を稼いでいます」

「それはよかった」

　幾代がお茶と金鍔を盆に載せて運んできた。

「柳次郎、金鍔が十《とう》もありましたよ。坂崎様のお言葉に甘えて、仏壇に供えました」

「母上、金鍔をうちで食べるのは何年ぶりですかな」

「さあて、ばば様が亡くなられた年に食べたのが最後でしたか」

「姑《しゅうとめ》どのが亡くなられたのは何年前のことにございますか」

「来年が七回忌にございます」

「母上、貧乏はしたくありませんね。金鍔を口にするのは何年ぶりなど、自慢にもなりませぬぞ」

「ほんにほんに」

　柳次郎と幾代の会話はなんとも屈託がない。

「母上、川開きに花火舟に乗ることになりました」

「坂崎様が納涼船を仕立てられるのですか」

「母上、坂崎さんは裏長屋暮らしですぞ。われらが乗るのは、仕事のためにございます」

「仕事でもよい、死ぬまでに一度くらい川面から鍵屋《かぎや》、玉屋《たまや》！　と声をからしてみたいものです」

「そのうち柳次郎が金儲《もう》けをして、母上を御座船《ござぶね》にお乗せしましょうぞ」

「あてにせず待ちましょうかね」

三人は他愛ない話をしながら、茶を喫し金鍔を食した。

磐音が北割下水の品川家を辞去したのは、五つ半（午後九時）過ぎの刻限だった。

六間堀まで帰るには、北から南割下水を通り抜け、竪川《たて》を越えなければならない。

夜が更けて歩くには、一里弱の距離はなかなかだ。

御竹蔵の裏手から二ッ目之橋に抜け、竪川を渡った。さらに大川に向かって二丁ほど歩くと六間堀と交差する。

ここまで来ればもうご町内だ。

六間堀には、北から松井橋、山城橋、北之橋、中橋、猿子橋、名なしの橋と六本の橋が架《か》かっていた。

金兵衛長屋は猿子橋を西に入ったところにあった。

磐音が北之橋を越えたとき、前方で女の悲鳴が上がった。

「ひ、人殺し！」

磐音は腰の大小を左手で押さえて、走った。すると前方で二つの影が揉み合っていた。

男と女だ。

「お兼《かね》、静かにしねえか」

「止めておくれ」

女が邪険に振り払った。

「この女《あま》っ」

男が女の頰《ほ》っぺたを平手で殴りつけ、女が倒れた。

「待て待て！　乱暴はならぬぞ」

磐音が走り寄り、制止した。

「さんぴん、引っ込んでやがれ。痴話喧嘩《ちわげんか》だ」

「夫婦《めおと》にしても殴るのはいかんぞ」

「旦那、夫婦なんかじゃありませんよ。乱暴しようと、店からずっと尾《つ》けてきたんですよっ」

女が叫ぶと、

「お兼、てめえって女は」

と言いざま、男は立ち上がろうとした女の中腰の尻を蹴《け》り付けた。

女が頭からつんのめって河岸に転がった。

磐音が男の腕を取った。

男はその手を振り払い、懐《ふところ》から匕首《あいくち》を抜いた。

「てめえ、お節介しやがって」

腰だめにして突っ込んできた。

刃物を使っての闘争に手馴《てな》れた男の強襲だった。

磐音はふわりと半身に開いて、突っかけてきた匕首の切っ先を躱《かわ》し、その腕を抱えると、腰車《こしぐるま》に投げた。

男は回転して背中から河岸に落ちた。だが、素早く立ち上がり、さらに匕首を構えて、

「野郎、許さねえ」

と血相を変えたとき、北之橋の方角から御用提灯《ぢょうちん》が走ってきた。

男がちらりとそちらを見ると、

「お兼、覚えてろよ！」

と言い残して、猿子橋のほうへと走り去った。

足音が響いて、灯りが突き出され、磐音が倒れていた女の顔を認めて、

「そなたは金兵衛長屋の住人ではないか」

と言ったのと、

「坂崎様ではございませんか」

と渋い声が叫んだのがほぼ同時だった。

叫んだ主は、本所の法恩寺橋近くで蕎麦《そば》屋をやりながら、南町奉行所の御用聞きを務める地蔵の竹蔵《たけぞう》親分だ。かたわらに提灯持ちの手先たちもいた。

「旦那、今頃になって気付いたんですか」

お兼が顔を歪《ゆが》ませて立ち上がり、文句を言った。

「なにせ、こちらはそなたの悲鳴を聞いて駆けつけたところだ。暗がりで顔など見分けられまい」

「人情味がないよ」

お兼が不貞腐《ふてくさ》れた。

「おめえの名は」

「はい、この先の金兵衛長屋の住人、兼ですよ」

「坂崎様と同じ長屋か」

と応じた地蔵の親分が、

「お兼、おめえを襲ったのは知り合いだな」

と訊いた。

「いえ、親分さん。店から尾けてきた男で、知り合いなんかじゃありませんよ」

「店とはどこだえ」

「柳原の水茶屋の新月でございますよ」

「客でもねえというのか」

竹蔵が念を押し、

「あたしとはまったく関わりがございません」

とお兼が否定した。

「野郎はおめえを、柳原から両国橋を渡って尾けてきたというのか」

「いえ、六間堀でいきなり姿を見せたんですよ」

地蔵の竹蔵はしばらくお兼の様子を見ていたが、

「怪我もなさそうだ。坂崎様、迷惑ついでだ、長屋まで一緒に帰ってもらえませんかえ」

と頼んだ。

「承知した」

何かあれば親分のほうから連絡《つなぎ》があるだろうと考えた磐音は、

「お兼さん、帰ろうか」

と声をかけた。

「旦那が通りかからなきゃあ、あたしは殺されてましたよ。ほんとに助かった」

お兼と男が知り合いであることは会話から察して歴然としていた。だが、当人がそうではないというものをわざわざ親分に言う要もあるまい。

お兼は馴《な》れ馴れしく磐音の腕をとった。

磐音はそっと解《ほど》いた。

二人は肩を並べて金兵衛長屋の木戸を潜《くぐ》った。

お兼の長屋は、左手の二軒目、磐音の部屋は右手の三軒目だ。

「お休みなされ」

寝静まった長屋を気にして、磐音は声を潜《ひそ》めて言った。すると、

「旦那、礼がしたいのさ。うちで一杯飲んでいってくださいな」

とお兼が磬音の袖《そで》を引っ張った。

「それがし、朝が早い仕事を持っておるでな、これで御免蒙《こうむ》る」

磬音がお兼の手を振り解いて溝板《どぶいた》を奥へ進むと、

「つれないね」

と言うお兼の声が背に聞こえた。


翌朝、磬音は大事な務めに出た。

六間堀の北之橋詰の鰻料理屋宮戸川の鰻割きの仕事だ。

宮戸川は江戸深川の鰻の蒲焼《かばやき》の草分け、味が評判の店で、一日に何百匹もの鰻を使う。

下拵《したごしら》えをするのが松吉《まつきち》と次平《じへい》と磬音の三人だ。

その朝も井戸端で黙々と鰻を捌《さば》いていった。すると鰻捕りの幸吉《こうきち》が、

「浪人さん、また使いかい」

と店の台所から顔を覗《のぞ》かせた。

幸吉は少年ながら鰻捕りの名人で、かつ深川暮らしの師匠でもあった。

親方の鉄五郎《てつごろう》に、幸吉が顔を出したら裏に来るように頼んであったのだ。

「すまないが関前藩の中居様に文を届けてくれぬか」

磐音は夜中に認《したた》めた文と駄賃を渡した。

「いいとも、この足で行ってくらあ。返事は長屋でいいかい」

「お願いいたす」

幸吉は駿河台の富士見坂にある豊後関前藩上屋敷を訪ね、御直目付《おじきめつけ》の中居半蔵に何度か文を届けているので、万事呑《の》み込みが早い。

磐音たちはその日に使う鰻を一刻半《いっときはん》（三時間）余りかけて捌いた。

その後、朝餉《あさげ》をいつものように馳走になって、六間湯に回った。

鰻をたくさん割き続けると体じゅうが鰻臭くなる。そこで朝風呂は今や欠かせない磐音の日課だ。

体に何杯も湯をかけて糠袋《ぬかぶくろ》で丁寧にこすり上げた。さらに新湯をかぶって、石榴口《ざくろぐち》を潜った。すると白髪《しらが》頭が湯に浮いていた。

「大家どの、おはようござる」

「おはようさん」

金兵衛はえらく機嫌がいい。

「昨夜《ゆうべ》はお兼の危難を助けたそうですな」

「偶然にも通りかかりました。それにしても早耳だ」

「なあに、長屋じゅうが先刻ご承知だ」

金兵衛がにやりと笑った。

「またどうして」

「旦那に助けられたとお兼が井戸端で吹聴してねえ、お礼に朝餉の仕度をするんだと張り切ってますのさ」

「それがし、すでに宮戸川で食して参りましたぞ」

「坂崎さん、そんな暢気《のんき》なことでよろしいんですかね。お兼の言うことを真に受けて、長屋の女どもが手ぐすね引いて待ってますよ」

「どういうことです、大家どの」

「おまえさんがお兼に気があるらしいという話でな」

「そんな馬鹿な」

「馬鹿もなにも、長屋に戻れば分かることだ」

「えらい災難です」

お兼を長屋に住まわせる許しを与えた金兵衛はこの数か月、

「化粧っけのある女を長屋に入れた」

というので長屋じゅうの女に白い目で見られていた。

「これで私も安泰だ」

金兵衛は女たちの非難の矛先が磐音に向かい、身を躱せたというのだ。

「浪人さん」

幸吉が石榴口を潜って、顔を覗かせた。

「中居様は、承知したと返答しなさったぜ。あちらからも駄賃を貰ったけど、いいかい」

「そなたの稼ぎだ。貰っておくがいい」

笑みを浮かべた幸吉が、

「金兵衛さんの長屋は大変なことになってるぜ」

「どうした」

「どうしたもこうしたもあるかい。井戸端でよ、おかみさん連中とお兼という婀《あ》娜《だ》っぽい女が、浪人さんの朝餉をどうのこうのと言ってよ、角突き合わせてたぜ。ありゃあ、剣呑《けんのん》だ。今は、戻らねえほうがいいな。おれがさ、着る物をそっと持ってきたからよ」

「助かったぞ、幸吉どの」

「浪人さんは、ほんとにあの女にちょっかいを出したのかい」

磐音はうんざりしながらも昨夜の一件を告げ、憮然《ぶぜん》としつつ言った。

「信が置けないのなら、地蔵の竹蔵親分に訊くことだ」

「ほんとなら災難だな」

「幸吉どの、ほんともほんとだ」

金兵衛が湯の中でけらけらと笑った。


神田明神の拝殿に、女難が一刻も早く去りますようにとお祈りした磐音は、人気のない回廊の一角に座した。

中居半蔵との約束の刻限よりもだいぶ早い。

(お節介などするものではないな)

と思いながら、腰から抜いた大刀の備前包平《びぜんかねひら》二尺七寸(八十二センチ)を膝《ひざ》にうつらうつら居眠りした。

昨夜は遅く、朝が早かった。それに思わぬ騒ぎに巻き込まれて心の底まで疲れ果てた。そのせいで磐音はぐっすりと眠り込んだ。

「坂崎」

中居半蔵に揺り起こされて磐音は目を覚ました。

「おおっ、これは不覚……」

「疲れておるようだが、どうした」

磐音が巻き込まれた騒動を説明すると、遊芸百般の味を嘗《な》め尽くした御直目付が声を上げて笑った。

「そなたがさような騒ぎに巻き込まれたとはな」

「笑い事ではありませぬぞ」

「坂崎、長屋には当分戻らぬほうがいいかもしれぬな」

「冗談ではありませぬ。それがし、行く当てなどありませぬ」

「弱ったな」

とかたちばかり同情した中居半蔵が、用は何だと訊いた。

「おお、うっかり忘れるところでした。今津屋どのからにございます」

吉右衛門からもたらされた吉報を告げた。

「なにっ、日本橋の若狭屋と取引ができるのか。願ってもない話だぞ」

「取引できるかどうかまだ分かりません。とにかく今津屋どのが顔つなぎをしてくれるそうです」

「いつ何時、いかなる場所にもお伺いすると伝えてくれ」

「承知しました」

「最初はそれがしとそなたでよいであろう。話が具体化した後に、江戸家老の福坂利高《としたか》様にはお知らせいたそう」

磐音が頷き、重い吐息をついた。

「憂さ晴らしに酒でも飲むか」

「これで昼酒に酔ったのではなにが起こるか分かりませぬ。今津屋に中居様の返事をお伝えしなければなりませぬゆえ、本日はこれにて失礼いたします」

磐音は回廊から立ち上がると郷土の先輩に腰を折って頭を下げ、

「なにっ、茶を飲む気にもならんのか」

と言う言葉を背に神田明神を後にした。


今津屋で由蔵に中居半蔵の言葉を伝えると、

「本日は旦那様が金座に出向いておられます。戻られたらお伝えして若狭屋さんとの面会日を早々に取り決めましょうかな」

と請《う》け合ってくれた。

「よしなにお願いします」

と辞去の挨拶をして店を去りかけると、

「奥でおこんさんがお待ちですよ」

と由蔵が言った。

「おこんさんが……」

そういえば、昨夜の金鍔のお礼がまだだったと店の奥に通ると、おこんは庭の見渡せる縁側で浴衣を縫《ぬ》っていた。

「ちょうどいいところに来たわ。ちょっと合わせてみて」

磐音は川開きの日に着る浴衣を肩に当てさせられた。

白地に両替商の看板の分銅が染め出されていた。

「裾丈《すそたけ》がもう少し長いほうがいいわね」

手際よく丈を調節するおこんがふいに言った。

「坂崎さん、お父っつぁんのこと、許してね」

「金兵衛どのを許す、とはどういうことかな」

「先ほどお父っつぁんが来たの。お兼さんのことで坂崎さんにとんだとばっちりがいったが、おれは仲に入れないって、しょんぼりしていたわ」

六間湯で磐音をからかいすぎたと金兵衛は反省したのか。

「おたねさんたちの腹立ちなんて放っておきなさい。すぐに収まるわ」

「……」

「坂崎磐音の胸の中には一人《ひと》の女しかいないのに、お節介な女がいたものね」

おこんがぼそりと呟《つぶや》いた。

磐音は聞こえない振りをしたが、

「おこんさん、胸のもやもやがすっきりした。これで両国橋を渡って長屋に戻れる」

とおこんに笑いかけた。

三

金兵衛長屋に戻るとちょうど夕餉の仕度の刻限で、井戸端には水飴《みずあめ》売りの五作《ごさく》の女房おたねと、植木職人の徳三《とくぞう》の女房おいちがいた。

「今日もよい天気でござったな」

腰高障子の前で井戸端に声をかけたが、返事は帰ってこなかった。

「それがしも夕餉の米を炊くとしよう」

独り言のように呟くとおたねが、

「お兼が旦那の膳を用意してるよ。それを食べればいいだろうに」

と冷たく言い放った。

「なにっ」

障子を開けると、上がりかまちに布巾《ふきん》のかかった膳がおいてあった。

「初鰹をどうしたこうしたと、これみよがしに言っていたっけ。さすがは水茶屋勤め、長屋の暮らしとは違うね。ねえ、おいちさん」

「まったくだ。旦那、美味《おい》しくお上がんなさいな」

「それがし、なにも」

と言い訳しかけるところに、梅が枝を伸ばす木戸口に人影がさした。

振り向くと地蔵の竹蔵親分が立っていた。

「おおっ、親分さんか」

ほっとした磐音は、開けたばかりの障子を閉めて木戸口に戻った。

「昨夜はご苦労でしたな」

そう言いながら異様を感じたか、親分が井戸端の女たちを見た。

「親分、えらい目に遭《お》うておる」

磐音は六間堀に歩きながら、今朝方からの騒ぎを説明した。

「なにっ、そんな話になってましたか」

呆れた顔の竹蔵が苦笑いした。

「なんぞよき知恵はござらぬか」

うーむと唸《うな》った竹蔵が、

「ちょいと気になって、柳原の水茶屋の新月まで足を伸ばしたんですよ」

「ほう」

「なんぞ起こってからでは遅いもんでね。どうやら坂崎さんも、お兼の男好きのとばっちりを受けたってところですな」

「とばっちりどころか、とんだ迷惑です」

二人は六間堀に出た。するとそこへ金兵衛が朝顔の鉢《はち》を抱えて戻ってきた。

「地蔵の親分さん」

「金兵衛さんか、ちょうどいいや。おめえさんにも聞いてもらおうか」

「お兼の一件ですね」

竹蔵と金兵衛が並んで猿子橋の欄干《らんかん》に腰を下ろし、磐音がその前に立って向かい合った。

「昨夜、お兼を襲った男だがね、元の亭主の雷《いかずち》の丑松《うしまつ》でしたよ」

「なんですって、お兼は亭主持ちでしたか」

金兵衛が素《す》っ頓狂《とんきょう》な声を上げた。

「金兵衛さん、女の外面に騙《だま》されちゃならねえよ。お兼は若く見えるが、丑松との間に二人の子をなした仲だ」

「子供もいるんですかい。呆れた」

金兵衛が首を何度も捻《ひね》って、呆れたと繰り返した。

「丑松との間に生まれた子はどこにおるのです」

磐音が訊いた。

「それが丑松をぐれさせた原因ですよ。二人とも男の子だったらしいが、生まれたばかりで死んでいる。新月の女将《おかみ》からそれを聞いてさ、丑松とお兼が新所帯を持った寛永寺下の坂本村まで行って調べてきましたのさ」

寛永寺の東側に、寺に囲まれたように坂本村が広がっていた。

丑松はこの坂本村の百姓の次男坊であったが、十三で下谷山崎町の左官重吉《じゅうきち》親方の家に奉公に出された。

その親方の娘がお兼であったのだ。

丑松が十七になったとき、十五のお兼と手に手を取り合って家を飛び出し、浅草花川戸《はなかわど》の裏店《うらだな》に暮らすようになった。

そのとき、すでにお兼の腹には最初の子が宿っていた。

丑松には左官職しか手に覚えた道はなかった。

だが、親方の娘と駆け落ちした仲だ。重吉から回状が回っていて、左官として雇ってくれるところはどこもなかった。そこで花川戸の香具師《やし》、たどん屋の行平《こうへい》に厄介《やっかい》になった。

楽しみにしていた子が生まれてすぐに亡くなり、さらに一年半後にも同じことが起こった。

「丑松がぐれ始めたのは二番目の子が亡くなったあたりかららしいや。その上、お兼がたどん屋一家の兄い分といい仲になってさ、丑松が兄いを匕首で刺して、伝馬《てんま》町の牢に世話になった。このときは、怪我も軽いし、事情《こと》が事情ということで、百叩きに江戸四方所払《ところばら》いで始末がついた。お兼が柳原の新月に芸妓《げいぎ》もどきの酌婦に出て、川のこちらに引っ越したのは、丑松から身を隠すためだそうだ」

「なんてこった」

金兵衛が唸った。

「新月はさほど格の高い茶屋じゃねえや。客が気に入れば、座敷で同じ床に入るとみたね。お兼はあのとおり、若くも見えるし、男好きのする顔だ。なにより当人がすぐに男に惚《ほ》れる。そのせいで新月でも人気の女なのだとさ」

なんてこったとまた嘆いた金兵衛が念を押した。

「親分、亭主の丑松は、茶屋もうちの長屋も突き止めたってわけだね」

「お兼め、亭主の丑松を知らないなんぞ、ぬけぬけと言いやがったよ」

「地蔵の。なら、騒ぎは終わったわけではないね」

金兵衛がそのことを心配した。

「おれの勘だとまだ二幕目がありそうだぜ、金兵衛さん」

「えらいこった。どうしたものだろうね、坂崎さん」

「大家どの。本《もと》を正せば、大家どのがお兼さんを長屋に入れたのが騒ぎの発端でござる。それがしもえらい迷惑を蒙っております」

「坂崎さん、そう冷たいことを言わんでくれ。わたしゃ、おたねたちと顔を合わせるたびに、針の筵に座っているような気分にさせられるよ」

金兵衛の視線が地蔵の親分にいった。

「うちもさ、せいぜい雷の丑松の行方を手下《てか》に追わせてはみるがねえ、江戸四方所払いの身だ。どこがねぐらかすら摑《つか》めないんじゃあ、手の打ちようもない。金兵衛さん、お兼に帰り道を注意するよう忠告するこったね」

金兵衛が深い溜息《ためいき》をついた。

磐音は長屋に戻ると、お兼の用意した膳の食事をもそもそと食べた。

鰹の切り身の煮付けに青菜のおひたし、ご飯は細かく切ったひじきと油揚げを炊き込んだひじき飯だ。

お兼はなかなかの料理上手だが、さすがの磐音も無心に味わう気にはなれなかった。

皿と茶碗《ちゃわん》を井戸端で洗うと、礼を認めた後にもうこのようなことはしないでもらいたいと断りも書き加えた文を添えて、お兼の長屋の戸口の前に置いた。すると植木職人の徳三が出てきて、

「旦那、えらい目に遭《あ》ってるらしいね」

と小声で囁《ささや》いた。

「おいちどのにもおたねどのにも口を利《き》いてもらえぬのだ。とんだとばっちりじゃ」

「ここは風が収まるのを待つ、我慢するしかねえな」

と言うと厠《かわや》に行った。

翌日、夏の陽射しの中、磐音は品川柳次郎と誘い合わせて両国橋を渡った。今津屋を訪ねるためだ。

道中、巻き込まれた災難を友に嘆いた。

「坂崎さんの身辺にはいつもなにかが起こりますね」

と感心した柳次郎が、

「女難など、願っても巻き込まれませんよ。それもまた哀《かな》し過ぎるな」

とこちらは羨《うらや》ましがった。

今日も両国西広小路は露店、見世物小屋などを冷やかす見物人でごった返していた。

今津屋の店も広小路と変わらないくらいに混雑して、商売繁盛だ。

「いらっしゃい」

客の応対をしながら由蔵が帳場格子から挨拶を送ってきた。

「新三郎どのと打ち合わせに来たのです。忙しければ待ちます」

「忙しいのはきりがありませんよ」

由蔵が新三郎に許しを与え、その足で三人は店前の船宿川清に行き、明日の宵に乗る猪牙舟の前で船頭と顔合わせをした。

船頭は小吉《こきち》といい、機敏そうな若者だった。

「小吉さん、坂崎磐音様に品川柳次郎様です。うちとは昵懇《じっこん》の間柄です。よろしくお願いします」

新三郎が二人を紹介した。

「老分の由蔵さんから事故や騒ぎに巻き込まれねえように厳しく命じられていらあ。おれも気を配るからなんでも言いつけてくんな」

とざっくばらんに言い、頭を下げた。

若い四人は、すぐに打ち解けた。

「小吉さん、旦那様方が接待に使われる屋根船の神田一丸を見せてくださいな」

と新三郎が頼み、

「神田一丸は、うちでは一番大きな船だぜ。四人船頭三丁櫓《ろ》で漕《こ》げるようになっていまさあ」

屋根船は大川端に舫ってあるというので、猪牙舟を回してもらった。

「新三郎どの、茶屋の新月をご存じか」

磬音はふと思い出して訊いてみた。

新三郎は、さあと首を捻ったが、小吉が、

「旦那、新月はさ、ほれ、浅草橋の向こうの黒板塀《くろいたべい》の二階家だ」

と教えてくれた。

柳橋の料理茶屋の普請《ふしん》に比べて一段も二段も落ちる感じだ。それに船着場もない。だが、そのほうが一見《いちげん》の客も入りやすいのかもしれないな、などと磬音は漠然と考えていた。

「坂崎様、茶屋になんぞ御用ですか」

新三郎が訊き、磬音に代わって柳次郎が笑いながら説明した。

「それはえらい災難ですね」

「新三郎さん、災難でも女難は女難だぜ。おれも一度くらい巻き込まれてみたいよ」

と柳次郎が笑った。

「神田一丸はあれですぜ」

小吉が猪牙舟を、長さ十間、船幅二間の屋根船に横付けした。新造の船のようでまだ木の香がした。

「大きいな」

舳先に上がった柳次郎が障子を開けて中を覗き、嘆声を上げた。

「品川様、屋形船となると舳先と艫《とも》に張り出して、この何倍も大きいや。それが何百隻も繰り出して川面を埋めるんだ。明日は、移動するだけでも大変ですぜ。あちこちで船頭同士の小競り合いも起こるという寸法だ」

磐音らは神田一丸に乗り移り、役目の大変さを悟らされた。

「坂崎様に品川様、新三郎さんはこの大川育ちだ、川筋のことも船頭以上に詳しいし、櫓だって漕げる。明日は、何事かあっても、二丁櫓でも漕げるようにしてきますぜ」

と小吉が請け合った。

由蔵が新三郎を磐音たちに付けたのはそれなりの理由があってのことだった。

「小吉どの、船宿ならば竿《さお》はたくさんございましょうな」

磐音が訊いた。

「そりゃあ、商売道具だ。青竹が裏庭にごろごろしてますぜ」

「七尺ほどの竿を二本ばかり猪牙舟に積んでおいてくれませんか。なにかあったとき、人目を引く川面で刀を振り回すわけにもいきませんからな」

「承知しましたぜ」

今津屋に戻ってみると、主の吉右衛門は老分の由蔵を連れて、屋根船で供する料理の吟味に、浅草広小路の料理茶屋川甚に出向いているとかで、留守だった。

「新三郎どの、明日は昼までには参る」

「よろしくお願い申します」

新三郎に送られて、今津屋を出た。

昼の刻限を過ぎていた。

二人は足早に両国橋を渡った。

「腹が空《す》いたな。蕎麦でも食べましょうか」

磐音は横川の法恩寺橋近くにある地蔵蕎麦に柳次郎を連れていった。すると釜前では親分が捻《ねじ》り鉢巻で蕎麦を茹《ゆ》でていた。

「坂崎様、昨日の今日だ、まだ丑松の所在は摑めねえな」

と先に返事をされた。

「親分、今日は蕎麦を食べに参ったのです」

「お客さんかえ、それはいらっしゃい」

二人は入れ込みの座敷に座った。すると竹蔵のおかみさんが冷や酒を茶碗に入れて運んできた。

「これでも飲んでお待ちくださいな」

「おかみさん、この陽射しの中、両国橋を往復したんだ。喉《のど》がからからだ。有難い」

と柳次郎が破顔した。

二人は冷や酒を飲み、手打ちされたばかりの蕎麦を二枚食べて満腹した。

磐音が代金を支払おうとすると親分が、

「女難払いに馳走しますぜ」

とお金は受け取ろうとしなかった。

「商売ものをそれではすまぬ」

「なあに坂崎様にはこれからも世話になりそうだ。蕎麦くらいはいつでも食べにおいでなさい」

と受け取る気はない。

「地蔵の親分、長い付き合いだが、おれは一度だってそんな言葉をかけられた覚えがないぜ」

柳次郎がここでもぼやいた。

「餓鬼《がき》の頃から面倒をかけられたことはあるが、なんぞやってもらった覚えがないからね」

「それに違いないが、心中複雑だ」

二人は礼を述べると地蔵蕎麦を出た。

五月二十八日、大川の川開きの花火の日、江戸は朝から雲ひとつない上天気の空がひろがった。それに風もなく、磐音が渡る両国橋の下の川面にも白波一つ立っていない。

今津屋に行くと、

「旦那様がお待ちです」

と由蔵がすぐに奥へと招じ上げた。すでに奥座敷には越後屋佐左衛門《えちごやさざえもん》や備前屋《びぜんや》作五郎《さくごろう》ら、江戸の両替商の幹部たちの顔が揃っていた。

「本日は穏やかな天候に恵まれ、結構な川開きかと存じます」

「坂崎様、今日はよろしくお願いしますよ」

と磐音に言いかけた吉右衛門は、

「若狭屋さんには明後日の昼過ぎにお連れいたします。関前藩のほうはよろしいですかな」

と囁きかけた。

「すぐにも手配いたします」

磐音は礼を述べると台所に下がった。するとおこんが、

「お昼はまだでしょう。今、用意させるわね」

と言った。

「そのまえに硯《すずり》と墨をお借りしたい」

磐音は台所の隅で中居半蔵に宛てて吉右衛門の知らせを認めた。文に封をしたとき、奉公人たちが交替で昼餉《ひるげ》を食しに来た。

新三郎の顔も見えた。

川開きの日は、七つ（午後四時）で店も早仕舞い。奉公人たちもどことなく浮き浮きしていた。

由蔵が磐音の様子を見て、

「お屋敷への文ですか」

と訊く。

頷く磐音に、

「宮松、昼餉を食したら関前藩上屋敷まで使いに行ってきなされ」

と命じた。

「相すまぬことです」

「なんの、坂崎様には警護のほうに専念してもらわねばなりませんからな」

磐音は由蔵と膳を並べて、筍《たけのこ》飯を食べた。

そこへ品川柳次郎も顔を出し、

「昼は食べてきたが、筍飯を見たら食べたくなった。おこんさん、ご馳走してください」

と屈託なく言いかけた。

「腹が減っては戦《いくさ》もできないわ。お座りなさい。今、膳を用意します」

二人は昼餉を食べ終わると、柳橋際の船宿川清の裏手の船着場に横付けされた神田一丸を調べに行った。すでに屋根船では席の仕度ができて、樽酒《たるざけ》も運び込まれていた。

小吉が、磐音と柳次郎を神田一丸の四人の船頭に顔つなぎしてくれた。

主船頭は中年の良蔵《よしぞう》だ。その良蔵が、

「坂崎様とおっしゃいますか。いつぞやおこんさんとご一緒の折り、広小路にて無法者を叩きのめされたお手並みを拝見いたしましたぜ。いやはや、並の腕前じゃあねえ。坂崎様の警護なら安心でございますな」

と笑った。

「なんぞあればすぐに舟を寄せますので、よろしくお願いします」

神田川沿いの船宿や料理茶屋の船着場には、花火見物の船が大川に押し出す準備をしていた。

「旦那、青竹を積んでありますぜ」

小吉が屋根船に並んで繋《つな》がれた猪牙舟を指差した。

「これでいつでも押し出す準備ができましたな」

船宿川清に客が集まるのは、七つとか。今しばらく刻限があった。

磐音と柳次郎はいったん今津屋に戻ることにした。

磐音は、いつにも増して混雑する両国西広小路の人込みに雷の丑松の姿を見たと思った。だが、その姿はたちまち磐音の視界から消えた。

（お兼どのに何事もなければよいが……）

そんなことを気にしながら今津屋の店の前に戻ると、小僧の宮松が、

「坂崎様、中居様が文を読んで委細承知したと返事なさいました。当日は店においでになるそうです」

と呼びかけた。

「造作をかけたな」

磐音は雑念を忘れて、川開きの警護に専念しようと気持ちを切り替えた。

四

川開きの花火は、習わしで両国橋の上流を玉屋が受け持ち、鍵屋が下流にて花火船を流して技を競った。

江戸で花火を上げる仕組みは、玉屋や鍵屋に前もって注文し、それぞれの値を決めたという。

例えば、紀伊様が屋敷で宴を開いて、客をもてなしたい場合、花火屋に、

「いついつ客あり、花火大筒何十発、手筒何百発を願う」

と申し込んで、その値を決めたのだ。

花火屋も大名と町屋の注文では値を変えたという。

およそ川開きの最初は、御三家御三卿や大藩などが競い合って花火を上げるのが毎夏の恒例であった。

江戸の両替商が接待する納涼屋根船神田一丸が、船宿川清の船着場を離れたのは七つ過ぎのことだ。

磐音たちの猪牙舟も屋根船に寄り添うように神田川から大川へと漕ぎ出した。

西に傾いた陽射しはまだ強く、その反射で川面はきらきらと輝いていた。

だが、すでに花火見物の船が神田川を連なるようにして大川に向かっていた。

神田一丸の船頭も磐音たちも、両替商の看板である分銅が染め出された白地の浴衣を着込んでいた。そして、磐音と柳次郎の頭もおこんが町人髷《まげ》に結い直してくれていた。

二人とも大小は猪牙に持ち込んだが、布に包《くる》んで足元に隠しておいた。できるだけ野暮な警護を表立てないようにという配慮からだ。

神田一丸に乗る柳橋の芸妓も今宵《こよい》ばかりは素人《しろうと》娘のような衣装と化粧で乗っていた。

吉原に次いで見識の高い柳橋芸妓は、江戸の人々が楽しみにする川開きの日、騒ぎを避けてわざわざ根岸あたりに遠出して清遊したという。

これを柳橋芸者の矜持《きようじ》にした。

だが、両替商今津屋の頼みに、柳橋の茶屋吉野の主も断りきれなかった。吉右衛門も芸妓の心持ちを承知していたから、芸妓に素人の装いをさせたのだ。

神田一丸が大川に出ようとしたとき、七間ほどの屋根船が並びかけた。

磐音がふと見ると、紺地《こんじ》の浴衣を婀娜っぽく着た女が磐音を見ていた。お兼だ。

茶屋の新月も花火客を乗せ、女たちに接待をさせていた。その一人がお兼だった。こちらは芸妓、酌婦とすぐに分かる格好だ。

「旦那、今宵はまたいなせな格好《なり》だねえ」

とすれ違いざまにお兼が声をかけ、その言葉を聞いた柳次郎が不思議な顔をした。

お兼の乗る船が離れたとき、

「品川さん、あの女がお兼ですよ」

と磐音が教えた。

「なにっ、あれで二人の子をなしたのか。男が引っかかるのも分かるな」

と感心した。だが、二人がお兼に見入っていたのはそのときだけだ。

大川に出るとすでにたくさんの屋形船やら屋根船やら猪牙舟やらが押し出して、酒宴を始めていた。

神田一丸の主船頭の良蔵は三人の船頭に指示して、舳先を上流へと向けさせた。

その手際の良さは、長い年季を物語っていた。

猪牙舟の小吉も切れのよい櫓の扱いで、神田一丸に付かず離れず随伴する。

その小舟の舳先には、新三郎が目を光らせ、真ん中に磐音と柳次郎が座る配置だ。

神田一丸が御米蔵の四番堀と五番堀の間に立つ首尾《しゅび》の松付近に漕ぎ上がったとき、南町奉行所の御用船と並んだ。

神田一丸と御用船の間に磐音の猪牙舟が挟《はさ》まれた格好だ。

御用船の真ん中に陣笠《じんがさ》を被《かぶ》って床机《しょうぎ》に座す与力に、

「ご苦労でございます」

と磐音が挨拶を送った。

御用船見回りの長《おさ》は小さな体に大きな頭、その上にちょこんと陣笠をのせた、南の年番方《ねんばんかた》与力の笹塚孫一《ささづかまごいち》だった。

「これはまた粋な格好でご苦労だな」

切れ者の与力がにやりとして磐音に囁きかけた。

神田一丸に乗船する役人の上司にあたる人物が笹塚だ。だが、笹塚は屋根船を覗き込むような野暮はしなかった。

「坂崎、役人が代わった折りはなにかと嫌がらせをする輩《やから》が現れるものだ。せいぜい気を付けてくれ」

「あやかし船なるものが出るそうですね」

「近頃のは性質《たち》が悪くてな、金を出さぬとなると狭い船の中に暴れ込んで嫌がらせをする。武家だろうが町人だろうがおかまいなし、刃物をちらつかせる無法者もおる。それが何艘《そう》も出ると推測される。うちの同心も乗っておるゆえ、しっかり番を頼むぞ」

そう言い残した笹塚孫一の御用船は、
すいっ
と上流に先行していった。

神田一丸の船内にほっとした気が満ち、芸妓の酌で宴が始まった。

流れを下ってくる船を尻目に神田一丸と猪牙舟は竹町ノ渡しを過ぎた。

両岸には夏の光景が広がり、浅草寺《せんそうじ》の甍《いらか》が濃い葉叢《はむら》の上に聳《そび》えて見えた。

山谷堀とぶつかる竹屋ノ渡しで神田一丸は舳先を巡らせた。すると折りよく、
どーん
と最初の大筒が両国橋の上あたりに上がり、大輪の乱れ菊が夜空を染めた。

「玉屋！」

の声が風に乗って響いてきた。

神田一丸からも歓声が沸《わ》き、簾《すだれ》を巻き上げた両の船端に顔が並んだ。

「遠目に川から見る打ち上げもいいものだな」

柳次郎が思わず嘆息した。

玉屋と鍵屋が競い合うように花火を次々に打ち上げて、大川端に途切れなく花火の音と歓声が木霊《こだま》した。

江戸の二大花火師の玉屋が江戸所払いの沙汰《さた》を受けて廃業するのは、天保《てんぽう》十四年（一八四三）の将軍家日光御参詣の際に出火して火薬に燃え移らせたためだ。

安永《あんえい》年間（一七七二～八一）にはまだ玉屋も盛業だった。

神田一丸の主船頭良蔵は、夜空に咲く花火が川面を染めるのが二重に見える上

流からゆっくりと喧騒《けんそう》に近付いていく演出をした。

そのおかげで神田一丸では談笑もでき、酒も楽しめ、芸妓の芸も見た後に花火見物へと自然に溶け込んでいけた。

そんな雰囲気が、随伴する磐音の舟にも伝わってきた。

だが、そんな風情《ふぜい》を漂わせた納涼船の雰囲気も、首尾の松を過ぎたあたりから、花火の音、無数の花火船のざわめき、両岸からの見物の歓声に巻き込まれて消えていった。

絶えず音が響き、それに呼応して酔っ払いが叫んでいた。

ついには船端から立小便をする不逞《ふてい》の輩が現れ、酔った勢いで流れに飛び込む者もいた。

「坂崎様」

と舳先にいた新三郎が険しい声を上げたのは、そんな最中だ。

見れば黒っぽい二丁櫓が、太鼓を打ち鳴らしながら神田一丸にまっしぐらに接近してきた。

船には二人の船頭の他に大太鼓を打ち鳴らす二人、さらには四、五人の男たちが乗っていた。

全員が黒っぽい浴衣を着て、裾を絡《から》げて後ろ帯に挟み込み、襷《たすき》をかけていた。

小吉が、
すいっ
と接近するあやかし船の前に猪牙舟を乗り入れた。

「今津屋さんよ、川開きの祝いの席におれたちの太鼓と手踊りを献納させてくんな！」

舳先に立った大男の頭分《かしら》が叫んだ。

その首には白っぽい大きな大蛇が絡まっていた。

折りから花火の光に大蛇がぬめぬめと光った。

今津屋が主催する納涼船と承知して、強請《ゆす》ろうとしていた。

小吉の猪牙舟があやかし船の舳先に擦《す》り寄り、方向を転じさせた。

「なに、しやがる！」

あやかし船の男が叫んだ。

「お話ならばこちらにてお聞きします」

新三郎が丁重に言いかけた。

「てめえらも今津屋の仲間か」

「はい」

「番頭か手代か知らねえが、こちとらはあっちの船に用事があるんでえ。ごたごたぬかすとてめえらから川に叩っ込むぞ！」

頭分が白大蛇を首からとると神田一丸に投げ込もうとした。

磐音が動いたのはそのときだ。

胴の間にあった七尺の青竹を摑むと、白大蛇を投げようとした頭分の腕をはたいた。

「あ、痛《いて》え！」

白大蛇がするりと男の腕から流れに落ちて川岸へと泳いでいった。

神田一丸の良蔵が仲間の船頭に命じて屋根船を下流に進めた。

「やりやがったな！」

あやかし船の男たちが長脇差《ながわきざし》やら匕首を翳《かざ》して、猪牙舟に飛び込んでこようとした。

胴の間に片膝をついた磐音が青竹を振るって、次々に男たちの鳩尾《みぞおち》や腹を突いた。

一見、無闇《むやみ》に振り回しているように見えたが、素早く的確に狙いを定めて突き返し、瞬く間に四人が川面に落ちた。

「どけ、おれが叩っ斬ってやる！」

長脇差を抜き放った頭分が猪牙舟に躍り込んできた。

そのとき、磐音は青竹を捨て、二尺七寸の大包平を手にして、鞘《さや》が嵌《はま》ったまま、頭分の胴をしたたかに叩いていた。

よろけるようにして頭分が川面に落ち、心得た小吉が櫓を操ってその場を離れ、神田一丸の後を追った。

神田一丸が船宿川清の船着場に戻ったのは、九つ（夜十二時）の刻限だ。

船着場には老分の由蔵や客の供らが待っていて、

「お帰りなさいませ」

「お楽しみいただけましたかな」

「不都合はございませんでしたか」

などと気遣った。

花火はまだまだ続いていた。

だが、存分に堪能《たんのう》した客たちは、

「今津屋、馳走になったな」

「よい川開きであったぞ」

と満足の様子で、手土産《てみやげ》を持たされ、用意されていた駕籠《かご》でそれぞれの役宅へと戻っていった。

その後、磐音と柳次郎は川清の座敷に呼ばれ、今津屋吉右衛門らから労《ねぎら》いの言葉をかけられた。

「お蔭《かげ》さまで、お客様も満足して帰られました」

二人はその夜の労賃を一両ずつ貰った。

柳次郎が小声で、

「それがし、なにもしておりません」

と磐音に囁いた。

「品川様が出られるようならば、周りの船に迷惑がかかる大騒ぎになったは必定です。騒ぎはあれくらいでちょうどよかったのです」

と吉右衛門が悠然と笑った。

二人は新三郎と一緒に川清で夜食を馳走になり、吉右衛門らを今津屋まで送って、浴衣から自分の単衣《ひとえ》に着替えた。

脱ぎ捨てた浴衣をおこんが丁寧に畳み、

「川開きの思い出にお持ちなさい」

と二人に持たせてくれた。

納涼船と同じ料理茶屋川甚の折り詰めも用意されていた。

「おこんさん、川甚の折りなんて、母者《ははじゃ》が喜ぶ顔が今から浮かびます」

と柳次郎は嬉《うれ》しそうに受け取った。

「ご苦労さまでした」

おこんに見送られた二人は西広小路から両国橋に向かった。東西の広小路にも両国橋の上にも未だ身動きのできないほどの見物人がいて、

「玉屋！」

「鍵屋！」

と叫んでいた。

柳次郎とは回向院《えこういん》前で左右に別れた。

磐音は竪川を一ッ目之橋で渡り、竪川の河岸を六間堀まで向かった。

花火見物の戻り船が未だ右往左往していた。

弁天社の前から惣録《そうろく》屋敷を過ぎても花火の音と見物の喧騒が伝わってきた。

六間堀に曲がってようやく静かな町屋が広がった。

磐音は小脇《こわき》に浴衣を抱え、折り詰めを提げて足を早めた。
六間堀が五間堀と合流するあたりで櫓の音が響いた。
猪牙舟が磐音を追い抜いていく。
ふと見ると、猪牙舟の提灯に照らされて、男と女が抱き合うように乗っていた。
女はお兼だ。
今日の客がお兼を送ってきたのだろうか。
しなだれかかるお兼の背中が酔っていた。
磐音は歩みを緩《ゆる》めた。
このまま歩けば、猿子橋でお兼と出会うと思ったからだ。
北之橋を潜って猪牙舟は中橋へと向かう。
櫓の音が気だるく遠ざかり、磐音の足はさらにゆっくりになった。
磐音が住む六間堀町の本町は、北之橋から中橋の西側に広がっていた。だが、
金兵衛長屋のある六間堀町は御籾蔵《おもみぐら》をはさんで、そこだけ飛び地になっていた。
猿子橋に猪牙舟が止まり、客の男が船頭に、
「ちょいと待ってくんな」
と言い置いて、お兼と一緒に河岸に上がる。

二つの影が一つに絡まった。

猿子橋を渡って黒い影が走り寄り、

「この女《あま》！」

と叫びかけた。

お兼と絡まっていた男が振り向き、

「なんだ、てめえは」

と叫んだのと、雷の丑松の匕首が男のどてっ腹を抉《えぐ》ったのが同時だった。

「ひ、人殺し！」

お兼の叫びを磐音が聞いたのは中橋の手前だ。

咄嗟《とっさ》に丑松が現れたなと思いながら、

（また痴話喧嘩に付き合わされるか）

と磐音は走りだした。だが、絡み合った影が離れたとき、ただの痴話喧嘩でないことを悟った。

「お、おまえさん、この人はただの客だよ！」

お兼が後退《あとじさ》りして、金兵衛長屋への路地に逃げ込もうとした。

その背に丑松が迫り、

「死ね、死にやがれ！」

と煌《きらめ》く匕首を突き出した。

ぎゃあっ！

凄《すさ》まじい悲鳴が六間堀に響いた。

「なにをいたす」

磐音が駆けつけたとき、お兼の体は御籾蔵の板壁に押し付けられ、丑松の匕首に串刺しにされていた。

路上には男が倒れて呻《うめ》き、河岸に上がってきた船頭が呆然《ぼうぜん》と立っていた。

丑松がゆっくりと振り向いた。

片手に血に塗《まみ》れた匕首が持たれ、顔に血飛沫《ちしぶき》が飛び散って凄惨《せいさん》な形相《ぎょうそう》だった。

「雷の丑松だな、刃物を捨てよ」

磐音は諭すように丑松に言った。

「二人殺すも三人殺すもおんなじだ。さんぴん、おめえも道連れにしてやらあ」

丑松の言葉は底なし沼のように沈んで響いた。

すべてを諦《あきら》め、絶望に満ちた静けさだった。

「坂崎さん」

騒ぎを聞きつけた金兵衛が路地奥から出てきて、河岸の惨劇に立ち竦《すく》んだ。
丑松は匕首を腰だめにしていた。
磐音はそのとき悟っていた。
(丑松が生き残ったとしても、待っているのは地獄だけだ)
磐音の小脇と手から浴衣と折り詰めが落ちた。
「死にやがれ」
丑松が磐音めがけて襲いかかった。
磐音の腰がその場で沈み、大包平が抜き打たれた。
二尺七寸の豪剣が一条の光になって丑松の脇腹から胸部を斬り上げた。
げげえっ
悲鳴とともに丑松がきりきり舞いして倒れ込んだ。

金兵衛長屋の住人徳三が地蔵の竹蔵親分の家に注進に走り、一方、まだ息のあったお兼と男が金兵衛の指図で森下町の医師奈良橋東庵《ならはしとうあん》のところに担ぎ込まれた。

だが、男は運ばれる途中で亡くなり、お兼は治療のさなかに死んだ。

地蔵の竹蔵親分と手先が駆けつけてきて、騒動のお調べが始まり、明け方に一応片がついた。

　磐音は竹蔵の許しを得て、宮戸川へ向かった。

　宮戸川での仕事の後、磐音はいつもの朝餉を断り、地蔵の竹蔵親分の家に急ぎ向かった。

　法恩寺橋に行くと横川に御用船が着けられていた。

　蕎麦屋に入ろうとすると、中から年番方与力の笹塚孫一の疲れた顔と定廻《じょうまわ》り同心木下一郎太《きのしたいちろうた》の若い顔が出てきた。

　笹塚も昨夜は川開きの花火の見廻りに出ていて、徹宵のはずだ。

「ご苦労さまにございます」

　磐音が腰を折って頭を下げた。

「そなたが騒ぎに巻き込まれたというでな、直々に出向いてきたところじゃ。それにしても、そなたのやることは」

　と言葉を途切らせた。

「なんぞご不満でございますか」

「そなたの腕なら丑松なる半端者を手捕りにできぬこともなかったろう」

「いえ、なかなか鋭い突っ込みにて避ける暇《いとま》もなく」

「丑松に極刑が下されることを考えて死なせたな」

「いえ、そのような判断の入る余地もございませんでした」

「聞いておこうか」

笹塚は地蔵蕎麦を出るとさっさと御用船に戻ろうとした。

磐音は後を追った。

「それがしのお調べは」

「まあ、あれが慈悲というものであろう。こたびは、そなたの南町への日頃の助力を考え、沙汰なしといたす」

磐音は河岸の前で立ち止まって頭を下げた。すると笹塚が顔を寄せて、

「今度な、騒ぎに関わるときは、金になるものにいたせよ」

と囁き、さっさと御用船に飛び乗った。

慌てて木下も従った。

「それにしても坂崎、両替商の接待船の用心棒から町奉行所の代役と忙しいのう。いくら若いとは申せ、身がもたんぞ」

笹塚の声を残して御用船が法恩寺橋際から竪川に向かった。

地蔵の親分がかたわらに来て、

「口は悪うございますが、坂崎様を心配なされてすっ飛んでこられたんですぜ。町奉行所の年番方与力が痴話喧嘩みてえな殺しに立ち会うなんぞ、聞いたこともねえ」

と言った。

「お兼と一緒に殺された男の身許《みもと》は分かったのですか」

「へえっ、浅草駒形町の左官の棟梁《とうりよう》で、歳は三十四。お兼の若作りに惚れたばかりに無残な最期を遂げることになりました」

「………」

「金兵衛さんに聞きましたが、坂崎の旦那も危のうございましたねえ」

「確かに女は怖いな」

長屋のおたねたちの顔を思い出していた。

「坂崎様、なにはともあれ、長屋に戻ってお休みください。それが一番だ」

昨夜からの徹宵の磐音を心配した。

「そういたそう」

竪川に向かおうとした磐音の背に地蔵の親分の言葉が追ってきた。

「丑松の野郎、三途《さんず》の川で旦那に頭を下げてますぜ。獄門台を逃れられたんですからな」

磐音は黙って六間堀の金兵衛長屋を目指した。

第二章　夏宵蛤町河岸

一

その朝、坂崎磐音は、宮戸川の仕事が終わると六間湯に回って鰻《うなぎ》の臭《にお》いを丁寧に洗い流し、湯屋の近くの熊床《くまどこ》で髭《ひげ》をあたり、髷も結い直してもらった。長屋に戻ると井戸端にいたおたねたちが立ち上がって、

「おや、屋敷奉公の若侍のようだよ」

「なかなかの男振りだねえ」

と取ってつけたような世辞を送ってきた。

「有難い言葉にござる」

畏《かしこ》まる磐音におたねが女たちを代表して、

「旦那、このとおりだ。勝手な推量で嫌な思いをさせたね。地蔵の親分に事情を聞かされてさ、こっぴどく叱《しか》られたよ。許しておくれ」

と頭を下げ、おいちと左官の常次《つねじ》の女房おしまがそれに倣《なら》った。

「寂しくなったな」

磐音はお兼の長屋を振り返った。すると障子戸が開いて、金兵衛が顔を見せた。殺されたお兼の部屋の後片付けをしていたらしい。

「今度ばかりはこりごりだよ」

「すべての因《もと》はどてらの金兵衛さんにありだ」

おたねが言った。

「ああ、私のめがね違いが発端だ。人のよさそうな女と見たがねえ」

と後悔の言葉を絞り出した。

「大家どの、お兼どのも亭主の丑松同様に二人の子を亡くして寂しかったのであろう。ために亭主の丑松とぶつかり、他の男の気を引くような態度を見せたのではないだろうか」

「おおいにそんなところかもしれない」

と頷いた金兵衛が、

「今度は身持ちのかたい所帯持ちを入れよう」

と呟いた。

磐音は長屋に入ると裏の障子を開けて、部屋の気を入れ替えた。

鰹節《かつおぶし》屋から貰ってきた、仏壇代わりの箱の上に置かれた三柱の位牌《いはい》の水を新しく替え、

「慎之輔、舞どの、琴平、何年も話し合いを重ねてきた豊後関前藩の再建策がようやく仕切り直しだ。江戸での物産の受け入れ先が決まるかもしれぬ。陰ながら応援を頼むぞ」

と合掌した。

「よし」

と独りごちた磐音は、だいぶ草臥《くたび》れた袴《はかま》を身につけた。さらに道中羽織を着てみたが、どう見ても野暮ったい。そこで羽織を脱ぎ、袴の腰に備前包平《かねひら》と無銘の脇差《わきざし》一尺七寸三分（五十三センチ）を手挟《たばさ》んで長屋を出た。

「おたねどの、障子は開けっ放してある。陽が落ちたら閉めてはくれぬか」

「承知したよ。仕事かい」

「今津屋まで参る」

「おこんさんによろしくね」

「承知つかまつった」

川開き初日の花火が終わった江戸の町は、すっかり夏模様に染め替えられていた。

両国橋の上を蚊帳《かや》売りや金魚売りが、売り声を響かせて往来していた。橋を渡って今津屋に行くと、店先にいたおこんに、

「若狭屋さんに出かける刻限にはまだ早いわ。まずは昼餉をお食べなさい」

といつもの台所の板の間に連れていかれた。

この日の今津屋の奉公人の昼餉は、豆ご飯の握りに素麺《そうめん》だ。

「夏だな」

「川開きも終わったしね」

と応じたおこんが、

「六間堀では大変な騒ぎがあったんですってね」

「ご存じか」

「どてらの金兵衛さんが泡食ってご注進に来たわよ」

夜明かしした磐音が寝込んでいた昨日の昼間のことらしい。

「お父っつぁんにはいい薬よ」

おこんの言葉に磐音が何気なく頷き、その話題に蓋《ふた》をした。

食事を終えた磐音をおこんが奥に呼び、

「関前藩の体面もあるわ、これに着替えなさい」

と涼しげな夏小袖《なつこそで》と羽織袴を用意してくれていた。

「やはりむさ苦しいか」

「あまり爽《さわ》やかとは言えないわね」

「ではお借りする」

着替えをする磐音に遠慮しておこんが廊下に出た。

着替えてみると気持ちまで洗われたようで、すっかり夏模様に一新していた。

「なかなかじゃやな」

と呟く声におこんが部屋に入ってきて、磐音の周りをじっくりと点検して歩く。

そして、襟《えり》を直したり、残っていた仕付け糸を抜き取ったりして、

「これならどこに出しても大丈夫」

と背中をぽんぽんと叩いたところに由蔵が顔を見せた。

「中居様が見えられましたぞ」

続いて部屋に入ってきた中居が、

「坂崎、よろしく頼む」

と磐音に頭を下げた。

豊後関前藩では先輩だが、今や磐音は藩の外に出た身だ。そのことを中居は気遣ったのだ。

その中居半蔵も江戸勤番侍らしく紋付羽織袴に威儀を正していた。

緊縮財政下の豊後関前藩では藩主が率先して質素倹約の手本になっていた。そこで御直目付の要職にある中居も普段は木綿《もめん》ものを着用していたのだ。だが、この日は格別な日だ。

「今津屋どのに挨拶をしておきたい」

という中居に従い、磐音も一緒に由蔵に案内されて奥座敷に向かった。すると珍しく内儀《ないぎ》のお艶《えん》が吉右衛門の部屋にいた。

お艶はあまり体が丈夫なほうではない、だから、いつもは奥向きのことをおこんに任せて、離れで好きな茶や俳句を楽しんで過ごしていることが多い。

今日は体の調子もいいのだろう。だが、その肌は透き通るように青白かった。

「今津屋どの、本日はよしなにご仲介をお願いいたす」

中居半蔵が町人の吉右衛門に正座して挨拶した。

磐音も見習った。

「ちょうどよい機会です。坂崎様、中居様、女房でございます」

と吉右衛門がお艶を紹介し、

「お世話になります」

とお艶が寂しげな笑みを浮かべた。

「お顔が揃いましたな。ならば出かけますか」

吉右衛門もすでに仕度を終えていた。

「旦那様、駕籠を呼びますか」

由蔵が問うと吉右衛門が、

「天気もいい。魚河岸は遠いわけでもなし、連れ立って歩いていきましょうかな」

と断った。

今津屋の店先には中居半蔵の供が二人控えて、磐音を見ると腰を折って目礼した。一人は中居家の老爺《ろうや》の矢助《やすけ》で、もう一人は藩邸の中間《ちゅうげん》の時蔵《ときぞう》だ。二人のかたわらには大風呂敷の荷があった。

「若狭屋どのに参り、口だけの説明では関前の乾物のよさが分かってもらえぬかと思い、国許から送らせていた諸々を担がせて持参しました」

中居がだれにともなく言った。

「中居様、よう気が付かれました。それでこそ商いにございます」

吉右衛門が褒《ほ》めた。

「老分さん、店を頼みますぞ」

「承知いたしました」

大勢の奉公人たちの声に見送られて、五人は米沢町から若狭屋の店のある本船町に向かった。

吉右衛門に中居と磐音が従い、その後から二人の供が風呂敷包みを背負ってついてくる格好だ。

両国西広小路の一角の米沢町から魚河岸までは、町屋を御城に向かって歩くことになる。

「今津屋の大旦那様、よいお天気ですな」

「川開きも無事済みましてなによりでございましたな」

知り合いのお店《たな》から声がかかり、吉右衛門がいちいち言葉を返しながら入堀を渡り、堀留町に出た。

その昔、蝦夷の昆布でひと財産を築いた若狭屋は、魚河岸のある本船町と伊勢町の間に間口十七間の店を構えていた。

若狭屋は鮮魚問屋と違い、店をまだ開けていた。

江戸の有力な乾物問屋は、濱吉《はまよし》組と名乗る三十四株に所属していた。

若狭屋はその濱吉組の総代を務めており、蝦夷の昆布、土佐の鰹節、塩干肴《ざかな》、御結納物など幅広く扱っていた。むろん将軍家の御献上問屋でもあった。

「ごめんなさいよ」

吉右衛門が声をかけると、若狭屋の番頭の義《ぎ》三郎《さぶろう》がすっくと帳場格子から立ち上がり、

「今津屋の大旦那様、ようこそおいでなされました」

と出迎えた。

中居と磐音は、日本諸国から集められた乾物の品々に目がいった。

一目で上物と分かる昆布と鰹節が並んでいた。これらに比べると、関前ものは贔屓《ひいき》目に見ても鄙《ひな》びていた。

（これはどうしたものか）

二人の心中は穏やかならざるものであった。

矢助と時蔵を店先に待たせて、吉右衛門、中居、磐音の三人が奥座敷に通った。

若狭屋五代目の利左衛門《りざえもん》は、凝った造りの中庭に面した座敷で待っていた。

「若狭屋さん、手間を取らせます」

「なにをおっしゃいますやら。今津屋さんのご入来とあらば、万難を排してもお待ち申しますよ」

如才なく濱吉組の総代が両替屋行司に言葉を返した。

「川開きの花火も大過なく済みましてようございました」

「おかげさまでな」

と鷹揚《おうよう》に受けた吉右衛門が、中居半蔵と坂崎磐音を、豊後関前藩の家臣として紹介した。

「この坂崎様のお父上は、国家老の坂崎正睦様でしてな、藩財政の再建に親子ともども汗を流しておられる。中居様は、江戸藩邸の実務方です。今津屋も関前に肩入れしておる都合上、ここはなんとか立て直しをせねばなりません。そこで若狭屋さんにお願いに上がりました」

「今津屋さん、珍しゅうございますね。言っちゃ悪いが、豊後関前藩とおっしゃられても、江戸の者はどこにあるかも知りますまい。加賀や薩摩《さつま》ならまだしも、六万石の大名家に肩入れにございますかえ」

魚河岸の五代目らしく正直な感想を述べ、訊いた。

「ざっくばらんに申し上げますとな、若狭屋さん、今津屋はこの坂崎様にひとかたならぬ世話になっております。それが縁で藩主の福坂実高様にもうちの老分がお目にかかって、実高様のお人柄も承知しております。そんなこんなで一肌脱ぐことになりました。だが、うちは金銀両替が商売、関前の特産の乾物は扱いません。そこで若狭屋さんに頭を下げに参りましたのじゃ」

「今津屋さんに頭を下げられれば、江戸の商人《あきんど》で首を横に振る者はおりますまい。ですが、今津屋さん、最後は品物とそれを扱う者の人柄です」

吉右衛門が大きく頷いた。

「若狭屋どの、わが藩の品がどの程度のものか、見てくださらんか」

中居半蔵が身を乗り出した。

「お持ちになりましたか」

「今ご覧に入れますのでお待ちを」

と中居が立ち上がった。

磐音も従おうとした。

「いや、私どもが店に参りましょう。そのほうが早い」

さすがに魚河岸の商売人だ、身が軽い。若狭屋利左衛門が立ち上がり、四人は連れ立って店に戻った。

矢助と時蔵が担いできた風呂敷包みが解《ほど》かれ、竹籠《たけかご》から関前で採れた塩引き鯖《さば》、布海苔《ふのり》、若布《わかめ》、ひじき、荒布《あらめ》、いりこ、するめ、干鰯《ほしか》(肥料)などが店先に並べられ、番頭たちも集まってきて、品定めをした。

中居と磐音は、素読吟味でも受けている気分になって緊張した。

番頭の義三郎が塩引き鯖の身を手で崩して口に入れ、

「うむうむ」

と唸り、旦那の利左衛門にそのかけらを渡した。

「おおっ、これはうまいな。当然、干魚にも加工なさいましょうな」

と磐音と中居に訊いた。

「はい、干物にもいたします」

別の番頭が布海苔を外の光の下で確かめていたが、

「旦那様、これは値次第で使えます」

と進言した。

品定めは長い時間かかり、終わった。

若狭屋の旦那が番頭の義三郎の目を見た。

「旦那様の命ゆえ忌憚《きたん》のないところを申し上げます。どれも極上品というわけではございませんが、それなりに工夫をすれば江戸でも売れましょう。特に鯖は身自体が美味しいので、塩引き、干物は高値に売れましょう。それと布海苔、干鰯、荒布はうちでも扱えます。あとのものにはだいぶ注文がつきます」

中居と磐音は、その言葉にほっと安堵した。


夕暮れの刻、中居半蔵と磐音は、薬研堀《やげんぼり》の難波橋際にある煮売り酒屋で対面していた。

薬研堀には水茶屋が軒を連ねていたが、この年の三月晦日《みそか》に幕府が諸大名の江戸留守居役の遊興を禁じたために、閑散としていた。

二人が入った店は、安直な酒屋だ。禁令の埒外《らちがい》にあった。

若狭屋で一応の合格点を付けられた関前の物産には、若狭屋から具体的に売るための注文がついた。加えて、年間を通していかなる品々が安定供給できるか、詳細な数字と卸し値が知りたいとも言われた。

今後、直接に関前藩と若狭屋側が話し合いを重ねて、早急に商いに向けて具体策を立てることが合意された。

これも偏《ひとえ》に今津屋吉右衛門の口利《くちき》きのゆえだ。

若狭屋の店先から矢助と時蔵を屋敷に戻した磐音と中居は、吉右衛門を店まで送り届けた。

磐音は自前の単衣に着替えた。するとおこんが夕餉を食べていきなさいと誘ってくれたが、

「中居様と話があるゆえ」

と断り、表に出てきたところだ。

「坂崎、世話をかけたな。これでようやく江戸での出店ができそうじゃ、それも若狭屋となれば、言うことはない」

「若狭屋の注文も結構厳しいですぞ」

「もう少し話し合いを重ねた後に、それがしは国許に戻ってこようと思う。実高様が関前におられるうちに江戸の事情を直接申し上げて、一気に藩物産所を興し、来春にも最初の荷を江戸に送りたいでな」

「関前の物産が江戸で市場を確かなものにするには、丁寧な仕事に加え、江戸の人々の注文にどこまで応じられるか、それが鍵《かぎ》になりましょうな」

今日、若狭屋で感じたことだ。

「さすがに土佐の鰹節、蝦夷の昆布じゃ。食べるのが惜しいほどの出来映えであったな。国許の漁師も商人もこの事情を知らぬで、どうその品質を分からせるかが難しいな」

「中居様が国許に戻られるとき、若狭屋の品を見本に持って帰られたらいかがにございますか」

「それはよい考えじゃな。いくら丁寧な仕事であっても見場がよくなければ売れぬ道理を、まず家中の者に理解してもらわねばならぬ」

「それに江戸での商いの競争に勝ち抜くには、値にございますな」

「そこだ。豊後関前は遠隔の地、船賃がかさむ。それが値に跳ね返るようなれば競争が厳しくなる」

二人は酒を飲むのも忘れてあれやこれやと話し合った。

時鐘が五つ（午後八時）の刻限を知らせて、薬研堀に響いた。

「もはや五つか」

と言った中居が、

「それがし、今晩にもご家老に今日の首尾を書き知らせる。そなたも正睦様に文を認《したた》めてくれぬか。明日にも飛脚を立てたいでな。藩まで届けてくれれば一緒に送るぞ」

「承知しました」

二人は里芋の煮物と味噌《みそ》汁で飯を食し終えると、早々に店を出た。

駿河台富士見坂の藩邸に戻る中居半蔵とは、難波橋の袂《たもと》で別れた。

磐音はいったん両国西広小路に戻り、両国橋を渡ることになる。すでに刻限も五つ半（午後九時）に近い。

急ぎ足で橋に向かう磐音の前に、大川端から上がってきた男たちが凝然と足を止めた。

「野郎、見つけたぜ！」

磐音が見ると、白大蛇を首に巻きつけて納涼船に悪さを仕掛けては金子を強請《ゆす》り取るあやかし船の面々だ。

「あのとき逃げた白蛇は、見つかったかな」

磐音がのんびりとした声で訊いた。

「てめえが逃がしといて、なんて言い草だ。今津屋には近々お礼参りに行こうと考えていたんだ。ちょうどいいや、こいつを畳んで、これから今津屋に担ぎ込むぜ」

頭分《かしら》が仲間に命じた。

五人の男たちが磐音を半円に囲んだ。

広小路を通りかかった人間が遠巻きに諍いを見ていた。

「そなたの名前はなんと申すな」

磐音が頭分に訊いた。

「大蛇《おろち》の黒三郎《くろさぶろう》は二度と同じ間違いは起こさねえぜ」

黒三郎が懐から二本の匕首《あいくち》を抜いて左右両手に構えた。それが得意の戦法らしい。

仲間も得物《えもの》を抜いて、磐音の動きを封じた。

「弱ったな。今日は気を遣うことばかりでな、そんな気にならぬのだがな」

磐音の声は長閑《のどか》に響いた。

「てめえ、ふざけやがって！」

黒三郎の怒声に動いたのは、磐音の左横手にいた小柄な男だ。

背を丸めると匕首を腰だめにして飛び込んできた。

磐音が豹変《ひょうへん》した。

その場で腰を沈め、一気に包平を抜き上げた。

豪剣の刃が迫り来る匕首を跳ね飛ばして、虚空に翻《ひるがえ》った包平の柄《つか》を持ち替えると、磐音の前を駆け抜けようとした男の肩口にしなやかに叩き込んだ。

敏捷《びんしょう》な襲撃者の腰が、
がくん
と落ちて転がった。

「やりやがったな！」

坊主頭の大蛇の黒三郎が左右の匕首を広げて、磐音に突きかけてきた。

磐音の対応次第でどちらかの匕首が閃《ひらめ》いて、胸元を抉る算段のようだ。

そのとき、磐音の峰に返した包平は虚空にあった。

間合いを測って飛び込んでくる黒三郎の巨体の内懐《うちふところ》に磐音が踏み込むと、電撃の一撃を肩口に送り込んだ。

それはのんびりとした言葉遣いからは想像もできないほどの迅速の剣捌きだった。

黒三郎の腰が落ち、その格好で竦んだ。

さらに磐音の包平が軽やかに閃くと、利き腕と見た左手首を叩いていた。

ぽきーん！

骨が折れる音が響いて、左手の匕首が手からこぼれた。

磐音は飛び下がりながら、

「次は右手を斬り落としてもよいぞ！」

と叫んでいた。

「くそっ！」

そう吐き棄てた黒三郎に磐音がびしりと言った。

「今津屋に嫌がらせするなど愚かなことを考えるでない。次は本気で相手することになる」

黒三郎がなにか言いかけた。が、川端へと走り込んで、姿を消した。

二

この朝、磐音は、ついに寝過ごした。

慌てて飛び起き、寝巻きから単衣に着替えると、懐に父の正睦に宛てた書状を突っ込み、包平を手に長屋を出た。

草履《ぞうり》をぺたぺたさせながら朝靄《あさもや》の立つ六間堀の河岸を走っていくと、

「浪人さん、寝坊だな」

と鰻捕りの幸吉少年が竹籠を提げて、対岸から声をかけた。

「宮戸川に行かれたか」

「今、行ってきたところさ。そしたら、浪人さんが珍しく遅刻だと鉄五郎親方が笑っていたぜ」

「間に合ったか」

「遅刻と言ったろう」

「そうではない。幸吉どの、また関前藩の中居半蔵様に書状を届けてくれぬか。駄賃は後で渡す。なにしろ寝床から飛び起きたままで、巾着《きんちゃく》も持っておらぬ」

「そんなことはどうでもいいけどさ、駿河台富士見坂だね」

幸吉は後戻りすると北之橋で磐音を待ち受け、書状を受け取った。

「おっ、今日は分厚いな」

「父上宛ての文を書いていて、明け方になってしまった」

「これからひとっ走り行ってこよう」

幸吉は竹籠を肩に背負うと六間堀の河岸を走っていった。

「相変わらず身辺多忙のようですな」

振り向くと鉄五郎がにやにや笑いながら立っていた。

「親方、相すまぬ」

「お父上に文を書いて夜明かしされましたかい」

鉄五郎は幸吉との会話を聞いていたようだ。

「言い訳にもならぬ」

「うちは坂崎さんの他にも鰻割きが二人いるんだ。きついときは体を休める、それも知恵のうちですぜ」

「さよう、まったく」

と意味不明なことを鉄五郎に返した磐音は、宮戸川の裏口に走った。

宮戸川の仕事を終えた磐音はその足で両国橋を渡った。

神保小路《じんぼうこうじ》の佐々木《ささき》道場を目指したのは、昨夜、大蛇の黒三郎相手に立回りをして、嫌な感じを体に残していたからだ。

稽古《けいこ》ですっきりした汗を流そうと考えたのだが、師匠の佐々木玲圓《れいえん》は生憎《あいにく》他出していた。その代わりに見所《けんぞ》には、恰幅《かっぷく》のよい武家が朝稽古を見学していた。

速水《はやみ》としか知らぬ武士だ。

磐音が道場の入口から速水に会釈すると、速水も無骨な顔で頷いた。

住み込みの師範、本多鐘四郎《ほんだかねしろう》が、

「来たな、一汗かくか」

と言いかけた。

「お願い申します」

鐘四郎と磐音は、半刻《はんとき》（一時間）余り袋竹刀《ふくろしない》で打ち合った。

磐音の寝不足の体からだらだらと汗が流れ落ちた。それがなんとも爽快《そうかい》に感じられる。

「磐音、このへんでよいであろう。息が上がってかなわぬ」

師範が音を上げた。

「ならば、私が……」

鐘四郎の後も、名も知らぬ若い弟子たちと次々に打ち込み稽古を続けた。

朝稽古が終わったのは、九つ（正午）前のことだ。

「磐音が飛び込んできたで、今朝はいつもよりも半刻以上も長かったぞ」

「本多様、迷惑をかけましたな」

「先生もおっしゃっておられる、もっと顔を出せ。われらの励みになるでな」

　本多鐘四郎が屈託なく言うと、磐音を井戸端に誘った。

「坂崎様、どうぞこの桶《おけ》の水をお使いください」

　磐音と袋竹刀を合わせた若い弟子の一人が井戸から水を汲《く》んでくれた。

「相すまぬな」

「佐々木先生の巌《いわお》のような剣風と違い、坂崎様のそれは、さあ、捕らえたぞと思うても、なぜか半歩ほど間合いが足りません。それに、届いてもふんわりと受け流されて、まったく摑まえどころがございませぬ」

　その弟子がぼやいた。

「江副《えぞえ》、それが坂崎磐音の居眠り剣法の極意だ。春先の縁側で日向《ひなた》ぼっこをしている年寄り猫のようだがな、いったん豹変すると手が付けられぬ」

「いつぞや見せていただきました。道場破りに来た赤鞘《あかざや》組がきりきり舞いしましたね」

「見ておったか。あれが磐音の隠された貌《かお》だ」

鐘四郎の解説をよそに磐音は上半身裸になって、汲んでもらった冷水でごしごし洗った。

「稽古はいい。なんとも爽やかでございますな」

磐音の声が長閑に井戸端に響く。

「磐音、速水左近《さこん》様が、赤鞘組の騒ぎの後もそなたのことをえらく気にかけておられたぞ」

「速水様はどちらの家中にございますか」

「なにっ、まだ先生から紹介されておらぬか。ちょっと待て」

と言い残すと本多は稽古着の袖に腕を通しながら、道場に隣接した佐々木玲圓の居宅へ庭から回っていった。が、すぐに顔を見せ、

「磐音、よい折りだ。速水様にお引き合わせしよう」

と言った。

「先生のお許しを受けずによろしゅうございますか、本多様」

「先生と速水様とは剣のお仲間だ。それに、そなた会いたさに何度も通ってこられたのだ。速水様が佐々木先生には後でお断りすると申されておる、参れ参れ」

本多は磐音を強引に居宅へと連れていった。

速水は縁側に座して、佐々木の内儀を相手に茶を喫しながら、朝顔の鉢を見ていた。

「おおっ、参られたか」

速水は二人をかたわらに誘いかけ、

「赤鞘組の一件以来でござるな。それがし、御側衆《おそばしゅう》の速水左近じゃ。昵懇にな」

と磊落《らいらく》に名乗った。

御側衆は将軍の身辺を警護するお役、三千石高の大身《たいしん》旗本である。

「それがし、深川は金兵衛長屋の住人坂崎磐音にございます。お見知りおきのほど、お願い申します」

「豊後関前藩国家老坂崎正睦どののご嫡男《ちゃくなん》であったな」

と速水が意外なことを言い出し、

「そなた、御小姓組《おこしょうぐみ》赤井主水正《あかいもんどのしょう》の名に覚えはないか」

と訊いた。

「赤井主水正様。はい、ございます」

磐音は緊張した。

両国橋で赤鞘組の曽我《そが》部下総守俊道《べしもうさのかみとしみち》と決闘をした際、通りかかった人物である。

その赤井は、

「後日、なんぞあれば、それがしが立会人として何処《いずこ》へなりとも出向こうぞ」

と磐音に言葉をかけてくれたのだ。

「やはりそなたであったか」

二人の会話に鐘四郎が、

「おい、磐音、なにがあったな。仔細《しさい》を話せ」

と訊いた。

「師範どの、赤鞘組は道場破りを失敗したことを遺恨《いこん》に思うて、坂崎どのを付け回し、両国橋の上で果たし合いを挑んだのだ」

「なんと。して結果は」

「ここにこうして坂崎どのはおられる」

「磐音、そなた、神道無念《しんどうむねん》流の曽我部どのを斃《たお》したか」

鐘四郎が訊いた。

「御小姓組の赤井主水正どのが偶然にも通りかかってな、壮絶な立ち合いの一部始終を間近で見られたそうな。城中で赤井どのが曽我部家の処遇について訊かれたでな、それがしの知るところとなったのだ」

ふうっ、と吐息をついたのは鐘四郎だ。

「佐々木道場に関わりのあることだ、なぜ知らせぬ。呆れたやつだな、おぬしは」

鐘四郎が言うのを速水が高笑いして、

「坂崎どの、次の機会にそれがしに稽古をつけてくれぬか」

と言い出した。

「おおっ、速水様は、小野次郎右衛門忠明《おのじろうえもんただあき》様が始祖の小野派一刀流の剣を継承しておられる達人だ。十代家治様のお側にお仕えなされて、絶大なるご信頼を得ておられるお方でもある」

小野次郎右衛門の前名は神子上典膳吉明《みこがみてんぜんよしあき》である。戦国末期の剣聖の一人で、文禄《ぶんろく》二年（一五九三）には徳川家康に仕えたこともあった。

速水は、この小野派一刀流兵法十二か条、皆伝表剣から極意の真之真剣、真之右足、真之妙剣、払捨刀、四ツ切までを会得《えとく》した達人だという。

「速水様に稽古をお付けするなどおこがましき次第にございます。どうか、冗談はよしにしてくだされ」

「いや、坂崎どの」

と速水が抗弁し、

「小野派一刀流の極意と申しても安永のそれは形骸《けいがい》に堕しておる。そなたのように真剣の場を重ねたものではない、畳水練《たたみすいれん》だ。そなたの凄《すご》みは、赤鞘組の亀山内記《かめやまないき》との立ち合いで承知しておるでな」

「さてそれは……」

「赤井どのに仔細を質《ただ》すと、亢奮《こうふん》して両国橋の戦いを解説してくれたがな、それがしも立ち合いたかったぞ」

「速水様」

と鐘四郎が不安げな声を上げた。

「曽我部下総守俊道は無法者とは申せ、直参《じきさん》旗本の家系にございます。坂崎磐音になんぞよからぬことが降りかかりませぬか」

「両国橋の決闘は尋常な戦いの上に、見届け人が上様の御側に仕えられる赤井主水正どのだ。曽我部のところでは、俊道を病死として御目付に届けを出しおったわ。騒げばかえってど壺《つぼ》に嵌る」

「おお、それはようございました」

「赤井どのもそのことを気になされて、それがしに相談なされたのよ」

磐音は自分の知らぬところでそのような動きがあったことなど思いも及ばなかった。

「坂崎どの、よいな、次の機会にはこの左近と稽古をしてくだされよ」

速水が困惑の磐音の顔を見ながら高笑いした。

磐音は長屋に戻る途中、今津屋に立ち寄った。

昨日の礼を言うためだ。すると店の前に乗り物が止まり、薬箱を提げた若い助手を連れた医師が姿を見せ、見送りに由蔵とおこんが現れた。

磐音は少し離れた場所から医師の乗り物が出ていくのを見届けた後、

「たれぞご病人か」

と訊いた。

その声に振り向いたおこんが重い吐息をついた。

「昨日までお元気だったのに、お内儀様が倒れられて……」

お艶は月に一度、血の道の後、貧血に倒れることがあるという。そのせいで吉右衛門とお艶の間には未だ子がなかった。

「それはいかん」

磐音は昨日の礼を述べると早々に立ち去ろうとした。すると由蔵が、

「坂崎様、どうやら川開きの後始末をしてもらったようですね」

と言い出した。

「昨夜《ゆうべ》、坂崎様が大蛇の黒三郎らあやかし船の連中を懲《こ》らしめるところを、偶然、うちの手代の保吉《やすきち》が見ていたんですよ」

磐音は頷いた。

「お内儀様のお加減が治ったら、旦那様に申し上げて改めてお礼をいたしますからな」

「今津屋どのとお内儀どのにお大事にと申し上げてくだされ」

磐音は見舞いの言葉を残して、今津屋の店先から去った。

両国橋の上には一人の絵師がいて、夏姿で往来する女たちの姿を描いていた。

絵師北尾重政《きたおしげまさ》だ。

北尾は版元の蔦屋重三郎《つたやじゅうざぶろう》と組んで、磐音の許婚であった奈緒の、いや吉原の花魁白鶴《おいらんはっかく》の、

『雪模様日本堤白鶴乗込《のりこみ》』

を描いて評判になった絵師だ。

だが、磐音は北尾重政とは面識がなかった。

金兵衛長屋に戻った磐音は、寝過ごしたため、敷きっ放しの寝床を片付けて、部屋に風を入れると再び長屋を出た。

昼餉の刻限はとっくに過ぎていた。

幸吉を誘って蕎麦でも食べようかと唐傘《からかさ》長屋を訪ねた。すると木戸口から筵をかけられた戸板が地蔵の竹蔵親分の手先たちによって運び出されてきた。

今日はなにかと玄関口に縁のある日だ。

その後を南町奉行所の定廻り同心の木下一郎太と竹蔵が、大家と連れ立って出てきた。

「おや、坂崎さん」

一郎太が磐音に声をかけ、磐音は事情が分からぬままに頷いた。

一郎太らは戸板の後を追って、いったん表に出ていった。

磐音は長屋の奥を覗き込み、幸吉の家に異変が起こったのではあるまいかと心配した。

井戸端に長屋の住人たちが集まってこちらを見ていた。

その中に幸吉の日に焼けた顔があって、ぎょろぎょろした目玉が磐音を見ていた。

「幸吉どの」

磐音は手招きをして呼んだ。

今朝、頼んだ書状の一件があったからだ。

走ってきた幸吉が、文は届けたぜと、まず言った。

「いつもすまぬな」

紙に包んだ駄賃を差し出すと幸吉が受け取って懐に入れ、

「はつねばあさんが首を括《くく》りやがった」

と次第を語った。

「首括りとな、おばばどのは独り暮らしか」

「ああ、この界隈《かいわい》のお店に出入りして、洗い張りやら仕立ての賃仕事で飯を食ってたんだ」

「それがまたどうして首を括る羽目になったな」

「騙されたのさ」

そこへ竹蔵が一人戻ってきて、

「坂崎様、うちに蕎麦でも手繰《たぐ》りに来ませんかえ」

と誘った。

「腹が減っておってな。幸吉どのを誘ってどこぞで食べようと思っていたところです」

「ならば、幸吉も一緒に連れてきなせえ」

と竹蔵親分が二人を誘い、幸吉が、

「母ちゃん、御用だ。ちょいと親分の家まで行ってくるぜ」

と母親のおしげに叫んで許しを得た。

すでにはつねを載せた戸板はどこかに運ばれていた。

六間堀端には木下一郎太だけが立っていた。

「お調べはよいのですか」

と磐音が訊いたのは、調べのために番屋に亡骸《なきがら》が運ばれたと思ったからだ。

「自裁は自裁、はっきりしていましてね。はつねは湯灌場《ゆかんば》に運ばれたんで」

と竹蔵が答えた。

「独り暮らしのおばばどのが騙されたとはどういうことですか」

「はつねのもとにさ、安五郎《やすごろう》って一見実直そうな男が出入りしましてね、ちょこっとした洗い張りなんぞを頼んでおりましたんで……」

と地蔵の親分が磐音の問いに答えて騒ぎの概要を語った。

二十四、五歳に見える安五郎は担ぎ商いの古着屋と自称して、いくつかはつねに仕事を頼むとすっかり信用を得た。

出入りを始めて三月目《みつき》、はつねが溜《た》め込んでいた七両と三分の金子を借り出して、姿を晦《くら》ましたというのだ。

「……よくある手でしてね。高い利で金を運用する当てがあるとかどうとか、そんなうまい話を持ちかけて、なけなしの金子をふんだくったんですよ。はつねは大家の甚平《じんぺい》に、貸した金がなかなか返ってこないがどうしたものかと相談を持ちかけた。甚平は、なんてこった、そりゃあ、最初《はな》っから騙すつもりでお為ごかしの親切を重ねたんだよ、お上に訴えろ、と答えたらしい。ところが、その夜のうちに首を括ったってわけで」

「なんとのう」

「この一年余り、この手の騙《かた》りが横行しておりましてな、南北両町奉行所に都合七件の訴えがございます。すべて騙りの安五郎の仕業と思えます」

一郎太が竹蔵に代わって言った。

「いずれも独り暮らしの老婆を狙った手口でしてね、被害の額は、はつねの金子を入れて八十三両余りとそう大きくはない。だが、被害に遭った老婆が四人、いや、はつねばあさんを入れて五人亡くなっております」

「安五郎が現れるのは大川の両岸ですか」

「いや、今のところ深川から本所にかけての一帯でしてね」

竹蔵が、腹が立つという顔で吐き捨てた。自分の縄張りでもあるからだ。

「お役人、はつねばあさんは殺されたも同然なんだぜ。それだけ分かっていてなぜ安五郎を捕まえねえ」

それまで黙って聞いていた幸吉が、火を吐くように一郎太に詰め寄った。虚を衝《つ》かれ、答えに窮した一郎太は、

「いや、われらもな、手を拱《こまね》いているわけではないのだ。だが、こやつがなかなか尻尾《しっぽ》を摑ませない。というのも七変化のように、姿と商いを変えていやがるのだ。だがな、幸吉、いつまでも悪事が続くわけもない。いずれ、はつねばば様の仇《あだ》は討つ」

「そんな悠長な話はなしだぜ。しっかりしておくれよ」

幸吉に定廻り同心と御用聞きが活を入れられ、黙り込んだ。

「幸吉どのは安五郎と会ったことがあるのか」

「あるさ。えらく腰の低い野郎でさ、木戸口を入ってくるときからぺこぺこと、米搗《こめつ》きばったのように頭を下げっぱなしだ」

「この次に会えば分かるな」

「分かるとも」

と答えた幸吉が、

「よし、南町と竹蔵親分がお縄にしねえのなら、おれが野郎を踏ん縛ってやるぜ」

と息巻いた。

三

磐音が六間湯から長屋に戻る道すがら、米櫃《こめびつ》にどれほど米が残っていたかと考えながら歩いていると、

「坂崎様」

と声をかけられた。慌てて顔を上げるとおそめが猿子橋に立っていた。

「坂崎様なんて声をかけられたから、どこのどなたかと思うたら、おそめちゃんか」

幸吉と二人のときはほとんど口を利かないおそめだが、こうして見ると一人前の立派な娘だ。

「幸吉さんがこのところ鰻捕りの仲間を指図して、捕り物に夢中になっているのを知ってますか」

「なんと、本気で騙りの安五郎を捜して歩いているのか」

「はい」

とおそめが頷いた。

「新太《しんた》さんらお仲間には、安五郎を見つけたら百文の褒美《ほうび》を出すと言ったそうです」

「それほど入れ込んでおったか」

幸吉は自分の長屋の老婆が犠牲になった一件に、磐音が考える以上に拘《こだわ》っていた。それだけ長屋住まいの者同士の結びつきは、身内同然に密だということだろう。

（まだまだ長屋暮らしの機微が分かっておらぬな）

磐音は考えながら、

「おそめちゃん、幸吉どのと会えなくて寂しいか」

「そんなんじゃありません」

おそめがふくれた。

「相すまぬ。ならばなにか心配か」

おそめはふと黙り込み、

「あたし、見たんです」

と言った。

「見たって、なにをだな」

「安五郎って男が、はつねおばあさんの長屋から出てくるところを」

「ほう」

「風呂敷包みを背負い、腰を屈《かが》めて、なにか言葉をはつねおばあさんにかけた後、振り向いたんです。そのとき、ぎろりとした暗い目を木戸口に立っていたあたしに向けました。ぞくりとするほどの怖い目でした」

「悪いことばかり考えている者の目付きだからな、いつも油断なくあたりを窺《うかが》っておるのだ。それでどうしたな」

「あたしを見た安五郎の顔がまた変わりました。急ににこにこと笑い顔になり、娘さん、天気がいいねなんて言って、棒縞《ぼうじま》の単衣の右袖を手で引っ張りながらあたしの脇《わき》を擦り抜けていきました」

「いたずらをされなくてよかった」

「あたし、あの人が行った後も立ち竦んでいました。安五郎は年寄りを騙すだけじゃあありません。きっと人殺しくらいしています。幸吉さんたちが手に負える相手ではありません」

おそめは真剣に幸吉たちの身を案じていたのだ。

磐音はしばらく考えた後、

「幸吉どのを諫《いさ》めたところで、安五郎探索をやめるとは思えぬな」

「あたしも、地蔵の親分さんにお任せしてと何度も頼んだのですが、聞いてくれませんでした」

思い余ったおそめは磐音を待ち受けて相談したのだ。

「分かった。これから地蔵の親分のところに行って、考えを聞いてみよう。親分の口から餅《もち》は餅屋と申されれば、幸吉どのも納得しよう」

磐音は猿子橋でおそめと別れ、濡《ぬ》れ手拭《てぬぐ》いを下げたまま、本所の法恩寺橋際に向かった。

磐音が地蔵蕎麦の店の暖簾《のれん》を潜ると、ちょうど定廻り同心の木下一郎太が巡視の途中に立ち寄っていた。

「騙りの安五郎の行方はまだ摑めませぬか」

「催促にこられましたか」

磐音はおそめが心配する幸吉の一件を告げた。

「地蔵、知っていたか」

一郎太が地蔵の親分に顔を向けた。

「へえっ、幸吉たちが探索の真似事《まねごと》をしているのは承知です、まさか百文の褒美付きとは考えもしませんでした。あいつ、本気ですね」

裏長屋に住む子供にとって百文は大金だ。

幸吉は鰻捕りや磐音の使いで日銭を稼ぐからできる芸当だ。

「坂崎様、幸吉に会ったらきつく言い聞かせておきますぜ。とはいうものの、安五郎をお縄にしないことにはな」

と地蔵の親分の言葉も頼りなかった。

「地蔵、ちょいと甘く見たかもしれないぜ」

一郎太の語調が厳しく変わっていた。

「なにか気がかりにございますか、旦那」

「いやさ、おそめが見た目付きは、悪《わる》ならだれもが持ってやがる。だが、左手で右袖を引っ張りながら擦れ違った動きが気に入らねえぜ」

地蔵がぽーんと膝を叩いた。

「安五郎は入れ墨者でしたか」

「右袖を無意識に引っ張って、二の腕を隠す理由《わけ》がほかにあるか」

「違いねえ」

「坂崎さん、安五郎に前科があるかないか、むろんわれらも調べてございます。だが、江戸府内ではその記録はなかった。ひょっとするとどこかでなんぞやらかして、江戸に逃げ込んだ手合いかもしれません。奉行所に戻って手配書を当たり直してみます」

と一郎太が約束してくれた。

「となると、ますます幸吉の行動が気になるな」

「坂崎様、こうなりゃあ、きつくお灸を据えてやめさせますぜ」

とこちらも地蔵の竹蔵親分が請け合った。

その刻限、幸吉は地蔵蕎麦とは一丁と離れていない場所にいた。法恩寺の広い境内《けいだい》にある宿坊のひとつ、泉林坊の門前の石段にどっかりと座り、手下《てか》に見立てた仲間から報告を受けていた。

法恩寺は、元々柳原から谷中《やなか》を経て、元禄《げんろく》元年（一六八八）に横川の東に移転してきたものだ。

入江町の岡場所の遊女たちを供養する寺として知られ、遊女が時折りお参りに姿を見せた。

鰻捕りの手伝いのちびの新太が幸吉に、

「おれもあっちこっちの長屋に、幸ちゃんの描いた人相書きを持ってよ、聞いて回ったんだが、安五郎は姿を見せてないぜ」

と報告した。

新太の他に三、四人ばかり鰻捕りの仲間がいた。

「新太、独り暮らしのばあさまのいる長屋じゃねえと駄目だぜ。小金を溜めていそうな年寄りがいるところに、野郎は目をつけるんだ」

「幸ちゃんよ、小金っていくらくらいだ」

「そりゃあ、おめえ、一両ばっかしじゃあ、駄目だ。そうだな、まあ、五、六両から二、三十両が小金だな」

「うちは心配ねえや。宵越しの小粒が残っていたためしなんてねえもの」

「叩き大工のおめえのうちに安五郎が目をつけるものか」

「ちえっ、なら幸ちゃんの家には小金があるのかい」

　鼻を垂らした新太が口を尖《とが》らせた。

「馬鹿を言え。小判があるくらいなら、おれが必死で溜めた金をおっかあが米代にくすねるもんか」

「幸吉、ほんとだな。おまえの長屋のばば様に首を吊《つ》らせた野郎を探したら、百文くれるというのはよ」

　幸吉と同い年ながら背丈がひょろりと高い伝吉《でんきち》が念を押した。

「言うに及ばずだ。ほれ、このとおり、百文はおれの懐に入っていらあ」

　幸吉が巾着を摑み出して銭をじゃらじゃらさせた。

「いいか、野郎は深川で仕事したばかりだ。次は本所の外れに目をつけてよ、すでにどこぞのばあさまの長屋に入り込んでいるとみた。新太と伝吉は北割下水の両側を探れ。参次《さんじ》たち残りの三人は小梅村から須崎村界隈だ。いいな」

幸吉は懐から干し芋を出すと仲間に渡して景気をつけ、

「地蔵の親分に負けるんじゃねえぞ」

と激励して解散させた。

一人になった幸吉は、さてと呟くと、横川の東の屋敷町の間の道を富岡八幡宮《とみおかはちまんぐう》に向かった。

四半刻《しはんとき》（三十分）後、幸吉は八幡宮前でやくざと金貸しの二枚看板を掲げる権《ごん》造《ぞう》一家の前でうろうろしていた。

子分たちが忙《せわ》しげに出入りしていたが、幸吉に注意を払うものはいない。

（敷居が高いな、どうしたものか）

きっかけが摑めないまま幸吉が迷っていると、ふいに代貸《だいがし》の五郎《ごろ》造《ぞう》が姿を見せて、幸吉に目をとめた。

「おや、おめえは金兵衛長屋の浪人の知り合いだな。なにか用を言い付かってきたか」

「いや、おれの用だ。頼みがあって来たんだ」

「なにっ、餓鬼が頼みだと。言ってみねえ」

幸吉はぼそぼそと事情を説明した。

「ふてえ餓鬼だな。大人をただでこき使おうってか」

「百文なら出せるけどさ」

「おい、権造一家の生業《なりわい》を承知だろうな。金貸しも看板のうちだぜ。それを百文足らずの端《はし》た金《がね》で使おうって算段してきたか」

「それでもよ、鰻捕りで一文二文と稼ぎためた虎の子だぜ」

「呆れた餓鬼だ」

と言った五郎造は、待てよと言うと腕組みして考えた。

「おめえが勾引《かどわか》されたときよ、浪人の頼みで一家が動いたことがあったな」

「ああ、おいらの命を一度は助けてくれた」

「縁がねえわけじゃねえ。それによ、独り暮らしのばあ様の小銭を騙し取ろうというのが許せねえや」

高利貸しの番頭格の五郎造が胸をぽーんと叩いて、

「手先たちに騙りの安五郎を探し出せと尻を叩いてみよう。深川界隈に潜《もぐ》り込んでいやがるんなら必ず誘《おび》き出してやるぜ」

と請け合った。

五郎造の腹積りはこうだ。

幸吉に恩を売っておけば、坂崎磐音という凄腕《すごうで》の浪人をなんぞのときに使うことができる。

「これが人相書きだ、代貸」

幸吉が懐から皺《しわ》くちゃの紙を出した。

「ええ人相書きがあったものだな。まあ、ねえよりはましだが」

五郎造が受け取り、幸吉はぺこりとお辞儀をして富岡八幡宮の境内に消えた。

さらに半刻後、権造一家の開け放たれた戸口を坂崎磐音が潜った。

「ごめん、代貸の五郎造どのはおられるか」

玄関先はどことなくのんびりしていた。

稼ぎは万々ということだろう。

「おまえさんか、久しぶりだな」

五郎造がにやにやと笑いながら姿を見せた。

「なんぞ嬉しきことでもあったか、代貸」

「おまえさんの用件を当ててみようかい。騙りの安五郎の一件だな」

「幸吉どのがここに来たか」

「あの餓鬼、やくざと金貸しの看板のおれっちを、百文ぽっちでこき使おうとしたぜ」

「断られたか」

「いや、請けた。手先たちに命じてあらあ、こいつを誘き出せとね」

五郎造は幸吉が描いた、世にもひどい人相書きを広げた。

「こんなものを用意していたか」

磐音は幸吉の周到ぶりに驚かされた。

「旦那、一家のものが安五郎の野郎を見つけたら、どちらに知らせるね。幸吉かい、おまえさんかい」

「先に頼みに参ったのは幸吉どのだ」

「そのときはよ。旦那、おまえさんの腕を借りるぜ」

「阿漕《あこぎ》な仕事でなければ仕方ない、引き受けよう。だが、このこと、幸吉どのには内緒だぞ」

「分かった」

五郎造がにやりと笑った。

磐音が金兵衛長屋の木戸口まで戻ると、おこんが父親の金兵衛と朝顔の鉢に見入っていた。

「おこんさん、里帰りかな」

「坂崎さんに会いに来たの」

と笑ったおこんが、

「もう店に戻らなければならない刻限なの。坂崎さん、両国橋まで送ってくれない。道々、用件は話すわ」

「承知した」

二人が肩を並べて金兵衛長屋の木戸口を通ると、おたねたちが好奇の目で見ていた。

「お内儀様のことなの。体が決して丈夫でないものだから、時に塞《ふさ》ぎの虫に取り付かれるの。旦那様との間にお子がないこともあってね、実家に戻りたいと近頃では繰り返し訴えておられるの。そんなこんなで旦那様もお困りになられて
……」

「それは難儀だ」

「それで旦那様とお医者さんがお話しになって、転地療養も気分が変わってよいかということになったの」

「それはよい」

「今津屋には御寮もあるのよ。ところがお内儀様は江戸では駄目、実家でしばらく田舎《いなか》の風に当たって静養したいとおっしゃるの」

「お内儀どのの実家とはどちらかな」

「相州伊勢原よ」

「それはちと遠いな」

「今津屋の出も元々は伊勢原なのよ。お内儀様もその縁で旦那様に嫁がれたのよ」

磐音は忙しい身のおこんがなぜ六間堀に戻ってきたのかが気になった。

「それがしにできることがござろうか」

「お内儀様が伊勢原に戻られるとなれば、旦那様が一緒にお送りするとおっしゃるの」

「うーむ」

「それで私もお供をすることになると思うわ」

お艶の世話は女のおこんしかできまい。となれば当然のことだった。

「旦那様も老分さんも、坂崎さんが同行してくれると心強いと言っているのよ」

「それがしも相州伊勢原に」

「旦那様はこの機会に大山詣《おおやまもう》でをして、お艶様の病気回復の祈禱《きとう》をしてもらうお積りなの。それで私が坂崎さんの気持ちを確かめに来たってわけ」

「宮戸川の仕事さえ都合がつけばそれがしは構わぬ。江戸を留守にするのはどれほどと見ればよいかな」

「お内儀様を駕籠にお乗せしてゆっくりの道中だから、往復に五日から六日。お内儀様の実家に数日滞在して、その一日を大山詣でに行くとなると十日かな」

「おこんさん、明日にも鉄五郎親方に相談してみよう」

二人は両国東広小路に来ていた。

夕暮れ前の刻、広小路も橋もごった返していた。

「幸吉どのが御用聞きの真似事をしているのを承知か」

「お父っつぁんはなにも言わなかったけど」

磐音が事の起こりから説明すると、

「なんですって、独り暮らしの年寄りを騙す男がいるなんて、許せないわ」

深川育ちのおこんが憤った。

「幸吉さんがその男を捕まえようと考えたのも無理はないわ」

「それにしても人相書きまで持参して、権造親分の家まで押しかけたのにはびっくりいたした」

「幸吉さんを危ない目に遭わせないでよ」

「この後にも幸吉どのの長屋に寄って釘《くぎ》を刺して参るつもりだ」

二人はすでに両国橋にかかっていた。

今津屋は橋を渡ればすぐそこだ。

磐音が橋の途中から深川へ引き返そうと考えていると、

「今津屋のおこんさんでございますな」

という声がかかった。

二人が声のほうを振り向くと、一人の絵師が、

「北尾重政と申します」

と名乗りを上げた。

「なにか御用かしら」

「それがし、ただ今、両国橋を通る女の夏姿を素描いたしておるところ、両国橋界隈で評判の今小町にお目にかかり、なんとしても筆を走らせたくなったのです」

「評判の『雪模様日本堤白鶴乗込』を描かれた絵師に、お世辞など似合わないわ」

磐音は奈緒の錦絵《にしきえ》を描いた人物がこの男かと、心中複雑な思いで北尾を見た。

「世辞など申さぬ」

おこんがしばし考え込むように沈黙し、

「北尾重政か」

「ご存じなれば是非に」

ちらりと磐音を見たおこんが、

「お断りよ」

と言い切り、

「坂崎さん、橋向こうまで送っていって」

と腕を引いて人込みを歩き出した。

四

その朝、宮戸川の井戸端では、磐音ら三人の鰻割きがいつものように鰻と格闘していた。

鰻の蒲焼の評判が段々と広まり、宮戸川にも日一日と客が増えていた。

そのせいで磐音らは毎朝仕事に追われていた。とはいえ、本所深川界隈の川や堀で捕れる鰻の量は限られていた。

鉄五郎親方は無理をすると味が落ちると、仕入れる鰻の大きさを吟味して、決して数を増やそうとはしなかった。そのせいで仕入れる鰻の数は昔と変わらない。

宮戸川の評判を聞きつけて、川を渡ってきた客の中には、
売り切れ御免
の木札を見て、がっかりする者もいた。

ともかく宮戸川の鰻は六間堀の名物になりつつあった。

仕事が終わり、磐音はいつものように鉄五郎親方と一緒に朝餉の膳を囲んだ。

「親方、ちと相談がござる」

と磐音がおこんからもたらされた話をすると、

「今津屋のお内儀はそんな按配《あんばい》でしたか。江戸の水に馴染まなかったのかねえ」

とまず鉄五郎はそのことを気にした。

「あれだけの大店《おおだな》だ、吉右衛門様の子をなさねばならないと、自分で自分を追い

込まれたのかもしれないな」

と浅蜊《あさり》の味噌汁を啜《すす》った鉄五郎が、

「今津屋さんにはお妾《めかけ》さんはいないのかい」

「さて、そこまではそれがしは知らぬ。おこんさんの話だと、何年か前にお内儀どのが今津屋どのに、御寮に若いお妾さんをお囲いになってはと勧めたそうだ。だが、今津屋どのが笑い飛ばされたとか」

「そりゃ、お内儀、だいぶ深刻に考えておられるな。江戸を離れてのんびりした気に当たるのはいいことかもしれませんぜ。坂崎さん、お供して大山詣でに行ってきなせえ」

「よろしいか」

「いつも言うように、次平もいれば松吉もいる。それにおれが手伝えば、十日くらいの留守は乗り切れまさあ」

と快く許してくれた。

二人が朝餉を食し終え、茶を喫していると、店から台所に地蔵の竹蔵親分が南町奉行所の定廻り同心木下一郎太を案内して入ってきた。

「おや、地蔵の親分」

「親方、朝早くからすまねえ」

と地蔵蕎麦の主《あるじ》でもある竹蔵が頭を下げ、

「幸吉はこちらにも出入りしているというんでな、押しかけてきた」

「親分方の真似をしているそうですな」

と笑った親方が台所の上がりかまちにござ座布団を持ってきて、

「木下の旦那、よういらっしゃいました」

と若い同心に勧めた。

一郎太は物珍しそうに宮戸川のあちこちを眺め回し、

「今度、坂崎さんの割かれる評判の鰻を食しに来よう」

と笑った。

「鰻の味は親方の焼きと秘伝のたれです。それがしの仕事とは関わりありませんよ」

「いや、木下様、鰻の割き方で焼き具合が微妙に違うんで。坂崎さんの割かれた鰻は、それはそれはきれいなもんですぜ」

と褒めてくれた。

一郎太が頷き、顔を引き締め直すと、

「坂崎さん、おそめが見抜いたとおり、騙りの安五郎は陸奥《むつ》仙台藩から手配が回ってきておりましたぞ。野郎、仙台ご城下でも担ぎ商いに扮《ふん》して独り暮らしの老婆を騙して、仙台藩の役人に捕まった。ところが初犯で罪状も軽いということで、右腕に仙台藩の入れ墨を入れられ、領外への放逐処分で済まされたのです」

「なんと仙台城下で悪さをしていましたか」

「それだけではないのです。放逐されたにもかかわらず、その夜のうちに城下に舞い戻って、目をつけていた小金貸しの老婆の首を絞めて、有り金かっさらって仙台を離れている。急ぎ仕事を済ませて長屋を出るところを住人の一人に厠から目撃されていて、江戸無宿一蔵《いちぞう》の仕業と分かりました」

「一蔵、ですか」

「いえね、安五郎は偽名、本名は一蔵です。こやつ、江戸の四谷御簞笥《おたんす》町の生まれ、餓鬼の頃から悪さを繰り返して親から勘当され、無宿者になっております」

と磐音の問いに竹蔵親分が答えた。

「手配が回ってきたのが一年以上も前、名前も一蔵というのでうっかり見落としておりました。だが、おそめの眼力に、江戸に舞い戻って安五郎と名を変えた一蔵も正体がばれたというわけです」

板の間に一瞬沈黙があった。

「幸吉の手に負える相手じゃねえな」

鉄五郎親方が心配した。

「それがし、幸吉どのの長屋を訪ねてきつく諌めて参る」

と磐音が立ち上がった。

「幸吉に、南町奉行所の木下様が安五郎こと江戸無宿の一蔵はきっとお縄にされると伝えておいてください」

竹蔵が請け合い、磐音、一郎太、竹蔵の三人は宮戸川の前で左右に別れた。

一郎太らは法恩寺橋の地蔵蕎麦に小者《こもの》を待たせているという。

磐音は唐傘長屋を訪ねたが幸吉の母親のおしげが、

「浪人さん、幸吉の奴、まだ帰ってきませんよ。このところ、地蔵の親分の真似事をしているんですよ。仲間を集めて百文褒美に出すなんて大きなことを言って、なにを考えているんだか」

とぼやいた。

「昼餉には戻ってこぬのですか」

「鉄砲玉だ。戻ってくるのは日が落ちてのことだね」

「幸吉どのらの集う場所をご存じないか」

さて、と首を傾《かし》げたおしげは、

「おそめちゃんが知っているかもしれないよ」

と言った。

そこで同じ長屋のおそめを訪ねてみると、井戸端で洗濯をしていた。

「精が出るな」

「坂崎様」

と襷を外しながらおそめが、

「安五郎は捕まりましたか」

と訊いた。

「それがまだだが、身許が割れた。安五郎が南町に捕まったら、第一の手柄はおそめちゃんだぞ」

磐音は一郎太から聞いたばかりの話をざっとして聞かせた。

「やっぱり人を殺していたのね、あの人……」

「おそめちゃん、幸吉どのらの遊びをすぐにも止めねばならぬ。幸吉どのと仲間が集まる場所に心当たりはないか」

「いろいろあるけど、どこかなあ」

としばしおそめは迷った後、

「浪人さん、待って。あたしも行くから」

と長屋に走り戻り、戸口から奥に向かって、

「おっ母さん、ちょっと出てくるわ。洗濯の続き、頼んだわね」

と叫んで、また磐音のところに戻ってきた。

おそめが最初に磐音を案内したのは、惣録屋敷の裏手にある弁天社の本堂裏手だ。いかにも男の子たちが秘密の隠れ場所にしそうな木陰だったが、子供の姿はなかった。

次に向かったのは竪川の対岸の回向院境内の池の端だ。

水面越しに相撲《すもう》の土俵が見える池の土手付近は、幸吉たちの好きな遊び場のひとつだという。子供たちが水遊びをしていたが幸吉たちの姿はなかった。

おそめが池の亀にいたずらする男の子に訊いてみたが、

「鰻捕りの兄ちゃんなら、今日は見かけないぜ」

という答えだ。

おそめはしばし考えた後、

「法恩寺かな」

と呟いた。

「法恩寺というと地蔵の親分の店近くかな」

「橋の名は裏手のお寺さんの名を取ったの」

磐音とおそめは昼の刻限の竪川沿いに二ッ目之橋、三ッ目之橋と通り過ぎ、横川と交差する北辻橋《きたつじ》で方角を北へと変えた。

竹蔵親分の蕎麦屋の前を通りながら磐音は店を覗き見たが、親分の姿はなかった。

磐音は法恩寺境内に初めて足を踏み入れた。

広大な敷地に寺坊が軒を連ねていた。

(これではとても一人で幸吉を探すのは無理だな。おそめちゃんがついてきてくれてよかった)

鬱蒼《うっそう》とした古木の下に長く伸びる石畳の北側に寺坊が連なっていたが、葉叢の間から夏の陽射しがきらきらと落ちて、二人を照らした。

「あら、新太さん」

とおそめが声をかけたのは、正善坊の門前だ。

痩《や》せっぽちの男の子が石段の木陰に座っていた。

「おそめちゃんか」

「幸吉さんは」

「お昼には戻ってくるはずなんだけどな」

新太は頼りなさそうな顔を上げた。

「新太さんも探索の手伝いなの」

「ああ、人相書きを持ってあちこち聞いて回ってるけどよ、さっぱりだぜ」

新太はうんざりした声で懐から皺くちゃの紙を出した。代貸の五郎造から見せられたものとは別の下手くそな安五郎の顔が描かれていた。

「幸吉さんが描いたの」

「ひどい絵だろ。出すたびにだれもが笑いやがるんだ」

「坂崎様、絵は下手ですけど安五郎の顔そっくりです。この目付きの鋭いところなんて、ぴったりです」

磐音は幸吉が描いた人相書きを新太から借り、改めて眺めた。

細い目、殺《そ》げた頬《ほお》、尖った顎《あご》、そこには油断のならない男がいた。

「新太、おそめちゃん」

という声がして、今度はひょろりとした伝吉が戻ってくると、石段にぺたりと腰を下ろした。

「あたりなしか」

「新太、鰻を捕まえているほうが楽だぜ」

伝吉がぼやいているところに次々と幸吉の手先たちが戻ってきた。全部で五人だ。どの顔も徒労の跡を見せていた。

「おれ、やめたくなっちゃった」

と磐音が見知った参次が弱音を吐いた。

「幸吉にどやされるぞ」

伝吉が言い、付け足した。

「あいつ、金貸しの権造親分の一家にも掛け合いに行ったくらい熱心だからな」

磐音はそのことを思い出しながら懐から巾着を出すと、

「そなたらが探しておる男は、子供が手に負える相手ではない。幸吉どのにはそれがしから断っておくで早々に家に戻るのだ」

と一人ずつ十五文の駄賃を渡した。

「ありがとう、浪人さん」

「百文にはならなかったが、これで我慢しとくか」

と口々に言いながら、法恩寺正善坊の門前から姿を消した。

磐音とおそめは半刻、一刻（二時間）と待った。

おそめの腹が、
ぐうっ
と鳴ったとき、

「おそめちゃん、それがし、権造親分の家をあたってみようと思う」

「あたしも行くわ。だってここには戻ってきそうにないもの」

おそめを一人残していくわけにもいかない。

「よし、ならば、竹蔵親分にここのことは頼んでおこう」

二人は法恩寺を西に抜けると、横川の法恩寺橋近くにある地蔵蕎麦を訪ねた。

親分と手先たちは見回りから戻っていた。

磐音は事情を話し、

「幸吉どのが戻るかもしれぬで、時に法恩寺を見てほしい」

と頼んだ。

「お二人さん、待ちくたびれて腹も空かしておられるようだ。ちょっと待ちなせえ」

　用件を請け合った御用聞きが蕎麦屋の主に代わって、大盛りの蕎麦切りを二人前拵《こしら》えてくれた。

「いや、腹を空かしていたところです、助かった」

　二人は夢中で地蔵蕎麦自慢の蕎麦切りを食べた。

　磐音が代金を支払おうとすると親分が、

「坂崎様にはおれたちの手伝いをしていただいてるんだ。蕎麦くらい馳走させてくだせえ」

　と今日も受け取らなかった。

「ならば遠慮なく馳走になる」

「なんぞあれば金兵衛さんのところに知らせますよ。金貸しの権造の面《つら》を見てもしようがねえと思うが、まあ、覗いてごらんなさい」

　と竹蔵が二人を送り出した。

　朝から磐音は幸吉の行方を追って、深川本所界隈を右往左往していた。足も痛くなったが、おそめも頑張っている。文句は言えなかった。

　富岡八幡宮前の権造一家の戸口に二人が立ったのは、七つ半（午後五時）過ぎのことだ。

　玄関口で手先たちに小言を言っていた権造が、

「おや、おまえさんかえ。またうちを手伝ってくれるそうだな」

「親分、それはそなたらが幸吉どのの役に立ったときの話だ」

「まあ、さし当たっておめえの凄腕を借りる用事はないがね」

「諍いがなくてなによりだ」

　そんなところに代貸の五郎造が弟分二人を連れて戻ってきた。

「来てなさったか。だが、安五郎って野郎の居場所はまだ摑めてねえぜ」

「そんなことより幸吉どのを見かけなかったか。安五郎という男、年寄りを騙すだけではない、陸奥仙台藩城下で人を殺《あや》めた男だ。すぐにも幸吉どのの探索をやめさせなければならん」

「だが、今日はまだ面を見てねえぜ」

　と五郎造が言ったとき、弟分の一人が、

「兄い、おれは見たぜ」

　と言い出した。

「いつのことだ」

「つい最前さ。兄いが借金の取立てに伊豆屋の奥に入ってたろ。おれさ、小便したくなってよ、蛤町《はまぐりちょう》の堀端に行ったのさ。そしたら、幸吉のやつとばったり会ってよ。あいつ、おれの顔をじろじろ見ていたが、おめえは権造親分の手下だな、なら、親分に、あの話はなしだ、もうおれが見つけたと伝えてくんな、と囁くように言うと、走っていったぜ」

「なにっ」

と磐音が驚きの声を上げたとき、五郎造が弟分の胸倉を摑み、頰っぺたを、

ぱちん

と音が響くほど殴りつけた。

「馬鹿野郎！　なぜすぐに知らせねえ」

殴られた弟分は頰を押さえながら、

「だって親分にと言ったからよ、一家に戻ってからでもいいかと思ったんだ」

と言い訳した。

「蛤町と言うたか」

磐音が訊いた。

「おれが幸吉と会ったのは、蛤町と陸奥八戸《はちのへ》藩の下屋敷を結ぶ橋の袂だ」

磐音が権造を見た。

「よし、この間抜けに案内させる。それに五郎造、野郎を探し出す手伝いをしろ」

と権造が命じた。

磐音はおそめを呼ぶと銭を渡し、

「八幡宮の船着場から猪牙舟を雇って、このことを地蔵の親分に知らせてくれ。その後は長屋で知らせを待っているのだ」

と頼んだ。

「急いで参ります」

「船頭にゃ、悪い野郎もいらあ。うちの奴をつけようぜ」

権造の命で子分の一人がおそめに従うことになった。

磐音たちは二人を見送り、富岡八幡宮の境内を南から北へ走り抜けて、蛤町へと向かった。

幸吉はそのとき、深川蛤町西側の裏長屋の木戸口を見通す稲荷《いなり》社にしゃがんでいた。

深川大和町の材木問屋山城屋が持つ家作の一つは、平野町の添地《そえち》に接して建っていた。山城屋の持ち物なので界隈の人はただ、

「山城屋の長屋」

と呼んでいた。

この昼下がり、幸吉がはつねばあ様を首吊りに追い込んだ騙りの安五郎を見つけたのは、偶然のことだ。

この日も朝から足を棒にして富岡八幡宮の周辺の長屋を聞いて回った。だが、どこも安五郎が出入りしているような長屋は見当たらなかった。

（そうだ、今日は探索に夢中で伝吉たちをすっぽかしたな）

と思いながら、空きっ腹を抱えて八幡宮の境内に来た。水を飲んでなんとか腹をごまかした。

（権造親分のところに行ってみるか）

そんなことを考えながら顔を上げると、頭に藍染《あいぞ》めの手拭いを吉原被りにして、三筋《みすじ》格子の単衣の尻をからげて、背中に荷を担いだ男がすたすたと永代寺のほうへ歩いていった。

「見つけたぞ、安五郎の野郎を」

幸吉は高ぶる気持ちを鎮めるように半丁あとから尾行を開始した。

深川大和町から大名家下屋敷が軒を連ねる界隈では人通りが絶えた。そこで間合いを十分にあけて、尾行した。

蛤町へ入る橋を渡ったとき、小便をし終わった男に気がついた。どこかで見覚えがあった。

「おめえは権造親分の手下だな。なら親分にあの話はなしだ、もうおれが見つけたと伝えてくんな」

と囁くと蛤町の河岸を進んだ。

安五郎は、山城屋の裏長屋に入るとき、あたりを見回すように厳しく視線を動かした。

幸吉は、火の見櫓《やぐら》の陰に隠れて気付かれなかった。

その後、間を十分にとって長屋の木戸口に立った。

相手の老婆は耳が遠いのか、安五郎の声が溝板のところまで響いていた。

安五郎は仕掛けを始めたばかりか、年寄りを相手におべんちゃらを次々と言っては、井戸端に水を汲みに行き、なにかと世話を焼いては根気よく話し相手になっていた。

それが最前から半刻以上も続いていた。

すでに深川一帯に夏の夕暮れが近付き、男たちが仕事から戻ってきた。

幸吉が潜むところにも深川名物の蚊《か》がぶんぶんと飛んできた。

老婆の長屋に行灯《あんどん》の灯りが点った後、障子が開いて、

「おばあさん、また明日もこの界隈を商いで歩きますから、お茶を馳走になりに寄らせてもらいますよ。串だんごでも買って参りますからね」

と言う安五郎の声がして姿を見せた。

幸吉は話を半分まで聞いて、火の見櫓のところまで戻り、身を隠した。

ぶつぶつ言いながら安五郎が現れ、幸吉が潜む火の見櫓を通り過ぎると、来たときとは反対の平野町添地へと向かって去っていった。

幸吉は夕暮れの尾行を気にして、すぐに安五郎の後を尾《つ》けた。

二十数間先を安五郎が平然と歩いていく。

(さてどうしたもんか)

幸吉はそのことを考えた。

刻限も遅い。となると安五郎のねぐらは深川一帯だろう。なら隠れ家を見つけて、浪人さんに知らせるか、地蔵の親分に注進に走ればいいなと幸吉が肚《はら》を固め

たとき、前方を行く安五郎が右手の路地へと曲がった。

幸吉は足音を忍ばせて走った。

路地の角を曲がろうとした途端、ふいに襟首を摑まえられた。

「さっきから背筋がむずむずしていたが、てめえか」

安五郎が幸吉を押し出すように蛤町の河岸まで引き出し、常夜燈の灯りに顔を晒《さら》して、

「唐傘長屋の餓鬼だな」

と言った。

そのとき、襟首が少しだけ緩み、

「おうっ、おめえははつねばあさんを騙して、よくも首吊りさせたな。おれが仇をとってやらあ！」

と叫ぶと幸吉は安五郎の手首に嚙《か》み付いた。

「い、痛えや、くそったれが！」

安五郎が嚙まれた痛みに片手を離し、幸吉を突き転ばした。

地面に尻餅《しりもち》をついて倒れた幸吉は、鰻捕りのときに使う小刀を懐から出して構えた。

安五郎も、いや一蔵も、懐の匕首を抜いて、

「始末してくれる」

と静かに吐き棄てると寄ってきた。

幸吉は尻餅をついたまま、河岸へと後退りしていきながら、

「はつねばあさんの仇！」

と叫んでいた。

安五郎の片足が幸吉の継ぎの当たった単衣の裾を踏みつけ、匕首を振りかぶった。

そのとき、後方に足音がばたばたと響いて、

「江戸無宿一蔵、そなたの相手はそれがしだ！」

という声が響いた。

一蔵は凝然と振り返った。

血走った目に、浪人者が血相を変えて走り寄ってくるのが見えた。

「おのれ！」

匕首を向け直した。

そのとき、磐音が鞘ごと大刀を抜くと鐺《こじり》を突き出した。

夕闇《ゆうやみ》の中、

すうっ

と鐺が伸びてきた。

一蔵がそれにはかまわず匕首で突きかけようとした。が、鳩尾《みぞおち》にがつんと鐺が突きかけられ、がくんと一蔵の尻が落ちて地べたに転がった。

「幸吉どの、怪我はないか」

磐音の長閑な声に幸吉が泣き出した。そして、

「幸吉さん！」

と長屋で待つことのできなかったおそめが、そして、地蔵の親分と手先たちが飛び込んできたのはそのときだ。

第三章　螢火相州暮色

一

　夜明け前の両国橋の東詰に櫓《ろ》の音が響いた。

　川面からは薄く靄《もや》が立ち昇っていた。

　釜崎弥之助《かまざきやのすけ》は、櫓の軋《きし》みに浅い眠りを覚まされた。弥之助が一夜の宿りにしたのは、両国東広小路の水垢離場《みずごりば》の石段の上だ。

　夏の季節、寒さは感じなかった。だが、蚊の襲来に悩まされながらもようやく眠りに就いたところだった。

　弥之助は両腕に抱え込んでいた黒蠟《くろろ》塗《ぬ》りの大小を確かめ、枕《まくら》代わりにした道中《どうちゅう》嚢《のう》を引き寄せた。

馬廻り五十五石とはいえ、越後高田藩十五万石榊原政永《さかきばらまさなが》の家臣だった弥之助は、二十五のこの歳まで野宿など経験したこともなかった。

三月《みつき》前、藩主が参勤を無事済まされ国許に帰られた祝いに剣術大会を催すと企てたのは、国家老宇崎信濃《うざきしなの》であった。

宇崎は若き頃より林崎《はやしざき》流の居合いと一刀流をよく遣う剣士で知られていた。家中の武術向上が目的と説明された。だが、宇崎の真の狙いは、次男坊の喜重郎《きじゅうろう》を藩剣術指南役に就かせる運動の一環と噂《うわさ》されていた。

事実、喜重郎は十三歳から江戸に出て、柳生新陰《やぎゅうしんかげ》流を住み込み修行して、奥伝を得た剣達者であった。二十五歳で江戸修行を終えた喜重郎が高田城下に帰りついた数日後には弥之助の耳にも、

「喜重郎様の腕はほんまものぞ。立ち合いをなされた剣術指南の有馬《ありま》兵衛《ひょうえ》様も手も足も出なかったそうな」

「面撃ち一本で脳震盪《のうしんとう》を起こされたそうじゃな」

などという噂が伝わってきた。

だが、馬廻り役には無縁の話だ。

弥之助が剣術大会に出る羽目になったのは、上役の福井松六《ふくいしょうろく》が、

「馬廻り役はいつも蔑《さげす》まれておる。どうだ、この際、剣術大会に出て、馬廻り役もなかなかやるではないかというところを、藩主政永様にお見せしようではないか」

と酒の勢いで言い出したのがきっかけだ。

高田藩の馬廻り役十三人の一人が、

「頭《かしら》、それはよき考えなれど、だれを出すのです。われら一同、いささか剣は不調法でござる」

と尻込みした。

松六が酔った赤ら顔ににやりと笑いを浮かべ、

「わしは知っとるぞ」

と言い出した。

「知っとるとはなんのことでござるか」

松六の酔眼が、黙然と酒を嘗めていた弥之助に止《と》まり、

「弥之助、そなたの家には鐘捲自斎《かねまきじさい》様が祖の外他流《とだ》が伝えられているそうではないか。どうだ、この際、門外不出の外他流を政永様にご披露《ひろう》して、お褒めの言葉の一つも貰わぬか。うまくいけばご加増もあるやもしれぬぞ。そうなれば、馬廻

り役の名誉。おまえにも嫁が来ようが」

と言い出した。

福井松六の言葉に朋輩らが、

「さような隠し芸がこの釜崎弥之助にありましたか。おもしろい。出ろ、弥之助」

「よし、ならばわれらも応援いたすぞ」

とけしかけ、弥之助もその気になった。

長年の貧乏暮らし、江戸勤番にも選ばれたことのない弥之助は、

「日の目を見る絶好の機会……」

と正直思った。

弥之助は三つの春から亡父の吉五郎《きちごろう》に剣術の手解《てほど》きを受け始めた。

その折り、吉五郎は、

「弥之助、剣を修行するは出世のためにあらず、欲心にあらず、ただ忠勤の証《あかし》に一心不乱に努めることぞ。なにも求めてはならぬ、また他人にひけらかしてもならぬ。よいな、剣技をお役に立てるは、おん殿のためだけだぞ」

と繰り返し教え諭した。

祖父が秋田城下から習い覚えてきた外他流は、子、孫の代で釜崎外他流といってよいほどに工夫がなされた。

吉五郎は、道場稽古と真剣勝負は別物、釜崎外他流は実戦剣法と称し、

「簡素にして迅速」

を旨として弥之助に伝えた。

正眼《せいがん》の構えから上段に振り上げ、斬り落とす。

この稽古を、夏の暑さにも冬の雪の庭でも繰り返し練習させられた。

太刀ゆきが流れる光になって目に留まらぬようになると、さらに弥之助は、上段から変化する連続技を愚直に学ばされた。

弥之助が十七の時、吉五郎が亡くなり、弥之助は父に代わって城中の厩《うまや》に出仕することになった。

さらに八年余り、屋敷の中で一人稽古を積んできた。

弥之助が己の腕前を知ったのは、二十二歳の秋のことだ。

高田藩に旅の武芸者が現れ、城下の町道場を軒並み荒らし回った。どこもが、

「他流試合の禁止」

を名目に断った。

が、事実は立ち合いで敗《やぶ》れ、金子で片がつけられたことを城下のだれもが承知していた。

弥之助は、高田城下から他領に移ろうとした武芸者を国境の小さな峠で待ち受け、勝負を願った。

見届け人もいない真剣勝負だ。

「そなた、榊原様の家来か」

「さよう」

「見れば袷《あわせ》も粗末な木綿もの。下士と見たが、おれと戦う謂《いわ》れはなんだ」

「腕を試したい」

「なにっ、高田城下の道場を総なめにした心形刀流《しんぎようとう》五葉竹織《ごようしおり》を相手に、おのれの腕を試すというか」

呆れたという顔をした五葉が、

「そなたの死に場所はこの峠で決まった」

と立ち合いを受けてくれた。

だが、勝負は一撃で釜崎弥之助の勝ちに終わった。

上役の福井松六がそのことを承知とは思えなかった。

ともあれ、馬廻り役釜崎弥之助は、藩主榊原政永上覧の剣術大会に出場の二十二人の一人に加えられた。

宇崎喜重郎は華麗な竹刀《しない》捌《さば》きで順当に勝ち上がった。

予測されたことだ。

だが、予測できないことが一方で起こっていた。

名も顔も知れぬ馬廻り役の下士が圧倒的な勢いで勝ち残っていた。

福井松六は、

「弥之助、その調子ぞ。馬廻り役がいかにお役に立つか、政永様から家中一統まで見せつけよ」

と最初こそ激励していた。だが、二回戦、三回戦と勝ち抜くとそわそわし出した。そして、ついには決勝で宇崎喜重郎とあたると決まると、

「弥之助、もう十分だぞ。よいな、宇崎様は国家老のご子息、勝ちはだれか分かっておるな」

と脅迫するように言ったものだ。

宇崎喜重郎と釜崎弥之助の勝負は、喜重郎の要望で木剣勝負となった。

互いに相正眼で構えあったあと、喜重郎が八双《はっそう》に引きつけ、弥之助が上段に移

行させた。その直後、互いに突進し合って必殺の攻撃を仕掛けあった。

勝負は紙一重、弥之助の迅速の剣が勝った。

喜重郎は地べたに倒れ込むと激しく痙攣《けいれん》していた。

死はだれの目にも明らかだった。

上覧の政永は、顔面を引き攣《つ》らせた。

その口からなんの言葉も洩《も》れなかった。

控え部屋に下がった弥之助に松六が真っ青な顔で、

「馬鹿たれが。もはや、おぬしは高田城下にはおられぬ。この足で逃げよ」

と忠告した。

「頭、それがし、尋常な立ち合いをなしただけにございます」

「理屈を垂れるな。政永様のご不快そうなお顔を見たか。おぬしにはもはや高田藩のご奉公はかなわぬ」

「頭、お褒めの言葉も加増もなしですか」

「おのれ、なにを考え違いしておる。早々に退席して屋敷で謹慎しておれ」

福井松六の命にその場から退席した。だが、なんの連絡も来なかった。

その夜のことだ。

釜崎家が覆面の集団に襲われた。

弥之助は、三、四人を斬り伏せると屋敷の外に逃れた。持ち出せたのはわずかな金子と伝来の大小だけだ。

だが、高田藩からの脱藩を、独り身の弥之助は気にしたわけではなかった。

(江戸に行けばなんとかなろう)

執拗《しつよう》な追跡をあちらこちらに躱しつつ、ようようにして江戸まで逃れてきた。

だが、脱藩者に仕官の道などあろうはずもなく、ただ一つの特技の剣などなんの役にも立たぬことが分かっただけだ。

一昨日から食べ物らしきものは口にしていなかった。

(腹が減った)

風が吹いてきて靄が流れた。

すると猪牙舟が見えてきた。白衣《びゃくえ》の男三人と女一人が乗って、水垢離場の船着場に寄せられた。

四人の男女は船べりから水に入ると胸まで浸《つ》かって、

「さんげさんげ　ろっこんざいしょう　おしめはつだい　金剛童子　大山大聖《だいしょう》不動明王　石尊大権現　大天狗　小天狗……」

と唱えて、水を被り始めた。

大山詣での水垢離だ。

元々大山詣では、旅に先立って、両国橋近辺で七日か十七日の水垢離を取るのを本式とする。これが終わった後、六月二十七日の大山詣で初山《はつやま》に合わせて、江戸を三、四日前に出立《しゅったつ》するのである。むろん初山なり、間《あい》の山《やま》なり、盆山《ぼんやま》なり、自分の都合で大山詣でしても一向に構わない。

弥之助はふと人の気配を感じた。

振り向くと髭面《ひげづら》の武芸者が立っていた。

「水垢離を取っている男がだれか分かるか」

「知らぬ」

「江戸の両替商六百軒を束ねる、両替屋行司の今津屋吉右衛門と奉公人だ。今日から女房の病平癒《へいゆ》を願って大山詣でに行くのだ」

釜崎弥之助は、大山詣での大山がどこにあるのかも知らなかった。それになぜ見知らぬ武芸者がそのようなことを話しかけてきたのかも理解できなかった。

「一枚乗らないか」

ふいに相手が言った。

「一枚とはどういうことか」

「江戸の豪商が旅に出るんだぜ。奉公人に金子を担がせているはずだ。そいつを道中で頂戴しようというのさ」

「それでは野盗強盗の所業ではないか」

「おおっ、知れたことだ。そなたとて一昨日からまともに食べるものも食べてもいまい」

「どうしてそのことを」

「承知かというのか」

弥之助は頷いた。

「そなたが大宮宿で働いた道場破りを見ておった。なかなかの凄腕だな」

「…………」

「あれで稼いだ金子が一分そこらか。あれから四日、もはや残り金もあるまい」

武芸者はふいに、

「おれは神道一心流《しんどういっしん》伊東八十吉《いとうやそきち》だ。以後お見知りおきいただこう」

「それがし、落ちぶれても盗泉の水は飲まぬ」

「そなたも剣技など一文の足しにもならぬことを、もはや承知であろう。金がなければ、この江戸では仕官の道も探せぬ」

「………」

「手伝え」

弥之助は水垢離の四人を見た。

「あのうちの一人を見よ。今津屋の用心棒だ。直心影流《じきしんかげ》の遣い手で、手強《てごわ》いそうな」

「なにっ、商人《あきんど》が用心棒を抱えておるのか」

「江戸で大店《おおだな》を張るには敵も多い、裏でなにをやっているかしれぬからな。そこであのような男を飼っておるのだ。だがな、あのような者に限って口先ばかりで腕は知れたものよ」

「そなた一人か」

弥之助は訊いた。

「いや、仲間がおる」

と伊東八十吉は顔を横に振り、

「どうだ、朝飯でも付き合わぬか」

と誘いかけてきた。

弥之助は再び直心影流の遣い手という用心棒に目をやった。

男は弥之助よりもいくつか上に見えた。

一心に水を被る肉体が夜明けの光に見えてきた。

鍛え上げられた筋肉が若々しく盛り上がっていた。

弥之助はその瞬間、この馬鹿げた話に興味を持った。

黙って立ち上がった。

「そうでなくては」

と答えた伊東は、

「病持ちの女房連れだ、出立まではまだ一刻（二時間）ほどある。それにやつらは仲間が尾けるので心配はいらぬ」

と続け、

「この刻限、開いている店は、馬方船頭の集う安直なところだぞ」

と断って先に立った。

百度の水を被った今津屋吉右衛門ら四人は、猪牙舟に這《は》い上がるとすぐに乾いた手拭いで体を拭《ふ》き取り、用意していた浴衣を肩から羽織って一息ついた。

吉右衛門が水垢離を言い出したのは、出立の日が決まった二日前のことだ。

「旦那様、水垢離にございますか」

老分の由蔵が心配した。

「本式の十七日の水垢離は無理です。ですが、かたちばかりでも身を清めていきたいと思います」

主《あるじ》の考えを聞いた磐音が、

「ならばそれがしも今津屋どのにご一緒しましょう」

と言うと、おこんと荷物持ちで同行する小僧の宮松も、

「私もお願い申します」

「わたくしも水垢離いたします」

と言い出した。

そこでお艶の病平癒を祈願して、四人が出立の夜明け前に両国橋東詰で水垢離を取ることになった。

磐音は前日から今津屋に泊まり込んだ。

未明の七つ（午前四時）前、おこんの用意した白衣に着替えた四人は、店の前の浅草御門の船着場から両国橋下に沿って東詰に渡ったのだ。

「旦那様、夏とは申せ、夜明け前の水はまだ冷とうございますね」

宮松が唇を紫色にして言う。

「いえ、これでさっぱりしましたよ」

と答えた吉右衛門だが、磐音とおこんを見て、

「やっぱり痩せ我慢はいけませんな。日頃から鍛えられた坂崎様は平然としておられるが、私ども三人にはちょいと寒うございました」

と正直に笑った。

夏の太陽が深川から顔を覗かせ、大川の水を黄金色に染めた。

清々《すがすが》しい朝の到来だ。

「旅立ちにはなによりの日和《ひより》ですな」

江戸時代の旅は七つ発《だ》ちが常識だった。

だが、お艶の体を考えて、七つ半（午前五時）過ぎとしていた。

江戸から大山詣での拠点の藤沢宿まで十二里半、東海道を行く講中での一行は、程ヶ谷《ほどや》（保土ヶ谷）か戸塚あたりで一泊するのがごく普通だ。

だが、まず伊勢原宿子安村のお艶の実家に立ち寄るのが先だ。

一行はお艶の様子を見ながら、どこへでも泊まれる自在な態勢で旅をすること

になっていた。

往路は品川宿から池上本門寺に立ち寄り、二子《ふたご》の渡しから溝ノ口に抜けて大山道の一つ、矢倉沢《やぐらざわ》往還を辿《たど》ろうということで、吉右衛門と磐音の間で話が決まっていた。

本門寺参りはお艶のたっての希望だ。

猪牙舟が大川から神田川へと入り、浅草御門の船着場へと着いた。すると老分の由蔵が禊《みそぎ》を済ませた四人を待っていた。

「ご苦労さまにございました。これから旅にございます。お風邪を召しませぬようどなたも願いますよ」

「老分さんと違い、まだまだ若うございますよ。水垢離で風邪など引くものですか」

強がりを言った吉右衛門らは早々に店に向かった。店の前にはすでに主夫婦の乗る駕籠が二挺《ちょう》待ち受けていた。米沢町の駕籠伊勢から調達したものだ。

「駕籠屋さん、もうしばらくお待ちくださいな」

おこんが声をかけ、駕籠屋の先棒《さきぼう》の参吉《さんきち》が、

「おこんさん、急ぐことはございませんぜ」

と応じてくれた。

磐音たちは旅仕度に着替えると、台所で朝餉を早々に食べた。

由蔵が磐音と宮松が食べるかたわらに来て、

「おきよどん、私に熱いお茶をくださいな」

と命じた。

「お内儀どののお加減はいかがですか」

磐音が一番の気がかりを訊いた。

「実家に帰れるというので顔も晴れ晴れとなさっておられましてな、奉公人としては心中複雑です」

と正直な気持ちを吐露した。

「坂崎様、くれぐれも頼みましたよ。旦那様の他は、女子供です。頼りになるのは坂崎様だけですからな」

「最善を尽くします」

「よろしゅうな」

奥で食事を終えた吉右衛門とお艶、それにおこんの仕度が終わったと知らされて、磐音と宮松も荷を肩や背に負って玄関に向かった。

二

雨降山《うこうさん》大山寺の参詣は夏の二十日間だけ許された。

六月二十七日の初山から七月十七日の盆山までの日限を四期に分け、二十七日から月末までを初山、七月一日から七日を七日堂、八日から十二日を間の山、十三日より十七日を盆山と称した。

その間、大山に向かう道は参詣者の講中で埋められた。

江戸からは、初山の三日前から繰り出す。

だが、お艶を抱えた今津屋の一行は、六月二十二日に江戸を発つ余裕の旅立ちであった。

今津屋の前には奉公人一同が顔を揃えて、駕籠に乗り込んだ吉右衛門、お艶夫婦の里帰りと大山詣でを、

「気をつけて行ってらっしゃいませ」

「お内儀様、一日も早いお帰りをお待ち申しております」

と送り出した。

「ゆるゆると行くぜ」

二挺の駕籠の先棒の参吉が仲間に声をかけて、肩を入れた。

夏の陽射しを避けるために菅笠《すげがさ》を被った磐音は、由蔵らに目礼すると米沢町から横山町の通りに入っていった。

肩には振り分けの荷を負い、道中嚢を斜めに背負っていた。

小僧の宮松も主夫婦の荷を背負い、その上に納めの木太刀を載せていた。

神田の義広が造った三尺余の太刀には、

「大山石尊大権現」

と墨書されており、これを大山に納めて、帰りには他人が納めた木太刀を持ってくる習わしがあった。

むろんおこんも、磐音や宮松と手分けして荷を負っていた。

そのおこんの旅仕度は、菅笠を被り、埃避《ほこりよ》けの浴衣を羽織って、杖《つえ》を突き、草鞋《わらじ》をしっかりと履いていた。

一行が進む横山町と並行する馬喰町《ばくろちょう》の通りには旅人宿が軒を連ねていた。だが、公事《くじ》や見物を終え、江戸を発つ旅人は半刻以上も前に出立していた。

といって店を開けるにはまだ刻限が早い。どこの店の前でも小僧や手代たちが寝ぼけ眼《まなこ》で掃除をしていた。

「お内儀さん、こんな具合でようございますか」

参吉が担ぎ具合をお艶に問うて、

「有難う、大丈夫ですよ」

という声が返ってきた。

その駕籠のかたわらにはおこんが、そして、吉右衛門の駕籠の脇には磐音が従っていた。

魚河岸のかたわらを堀沿いに日本橋まで回り込み、長さ二十八間の橋を渡る。橋の欄干の擬宝珠《ぎぼし》が朝日を受けて輝き、魚を仕入れた棒手振りたちが江戸の町に商いに散ろうとして、橋上は賑わいを見せていた。

日本橋を渡ってようやく旅の気分になった。なにはともあれ江戸の人間の旅の始まりはこの橋だ。

高札場《こうさつば》の前を通り、通り一丁目、江戸府内でも豪商老舗《しにせ》が軒を連ねる表通りを、今津屋夫婦を乗せた駕籠は静々と進んだ。

お艶はゆっくり進む駕籠の揺れでうつらうつらと眠りに就き、おこんが磐音のそばに来た。

「幸吉さんが大変な目に遭ったんですってね」

「金兵衛どのにお聞きになったか」

おこんは昨夜のうちに六間堀の実家に顔を見せて、旅に出る挨拶をしていた。となれば、金兵衛が界隈の騒ぎを娘に話さないわけはない。

あの夕刻、騙りの安五郎こと四谷御箪笥町生まれの無宿者一蔵は、駆けつけてきた地蔵の親分の手でお縄にされ、番屋に引き立てられていった。

独り暮らしの老婆の長屋に入り込み、巧みに取り入って溜め込んだ金を持ち逃げする一蔵は、南町奉行所の支配下で厳しい取調べを受けていた。

陸奥仙台藩城下で殺しを働き、江戸でもはつねばあ様らを自殺に追い込んだ一蔵に、厳罰の沙汰が下るのは避け得なかった。

深川蛤町河岸での一件の翌日、磐音が、地蔵の親分を訪ねると、ちょうど居合わせた定廻り同心の木下一郎太が、

「坂崎さん、お手柄でした」

と言葉をかけてきた。

「いや、今度の手柄の第一は、おそめちゃんだ。次が幸吉どのであろうかな。二人の観察と執念が一蔵を捕縛《ほばく》に結びつけたのです」

「竹蔵にも言われております。二人には奉行所から褒美が出るように笹塚様にも上申してございますので、そのうち二人の長屋の大家に知らせが行くでしょう」

と嬉しいことを告げてくれた。

「それはよかった」

磐音が一郎太と竹蔵に礼を述べると若い同心が、

「笹塚様の言伝《ことづて》にございます」

「なにっ、笹塚様がそれがしに」

「はい。この次はもそっと金になる騒動に首を突っ込むようにとおっしゃっております」

磐音が苦笑いし、竹蔵が小さな声で、

「笹塚様を喜ばす騒動がそうそう転がっているもんか」

と呟いた。

南町奉行所の笹塚孫一は小さな体に大きな頭の異形《いぎょう》ながら、与力二十五騎、同心百二十五人を束ねる年番方与力の地位にあり、

「南に大頭あり」

と切れ者、知恵者ぶりを府内の悪人たちに恐れられていた。

清濁併《せいだくあわ》せ呑む度量の持ち主の笹塚は、大金が絡む騒動を解決すると、押収した金子の一部を奉行所の探索費に繰り込むという荒業を発揮していた。

笹塚の催促の背景には、これまで磐音が助勢したことで南町奉行所に多額の探索費を得させたことがあった。

「それがし、今津屋どののお供で江戸を十日余り離れますゆえ、しばらくお待ちくだされとお伝えください」

と磐音は一郎太に返答した。

そんな話をおこんに道々聞かせた。

「おそめちゃんと幸吉さんがお上からご褒美を授かるのね」

「笹塚様が請け合うたというからまず大丈夫でござろう」

「坂崎様」

と駕籠の中から吉右衛門の声がした。

二人の話を聞いていたらしい。

「笹塚様が二人にご褒美をと御奉行に上申なさった背景には、坂崎様に貸しを作って、これからも大いに働かせようという算段があってのことですよ」

と笑った。

「そうでしょうか」

「そうですとも。坂崎様はこれまでいくら南町奉行所のために働かれましたな。何百金では済みますまい」

吉右衛門の高笑いが駕籠から響いた。

品川の大木戸を抜け、品川宿に入ったところで最初の休憩を取った。

おこんがお艶の体調を気にかけたが、

「おこん、大丈夫ですよ。私は江戸を離れると元気になるのです」

と殺げた頰に寂しげな笑みを浮かべた。

「お艶、それではまるで私が苛《いじ》めているようではないか」

「いえ、おまえ様が苛めるなんて。私の我儘《わがまま》なのですからお気になさることはございません」

「お艶はあまりにもいろいろと気を遣いすぎるのです。でーんと奥に控えておればよいのです」

「控えるもなにも、おこんに甘えて、おまえ様のお世話すらまともにいたしておりません」

「ほれほれ、それがいかぬのです」

吉右衛門とお艶は互いを気遣った。

江戸でも有数の両替商に嫁したお艶は、

(跡継ぎを産まなければ)

と考えすぎて、それが負担になっていたのだ。

「おまえ様、そうは優しくおっしゃいますが、私がおまえ様のもとに嫁に参って十余年が過ぎました」

「お艶、いつも言うではないか。子は天からの授かりもの、一年目で子が授かる夫婦もいれば、十五年過ぎて子宝の知らせが届くこともある。焦りが一番禁物です」

吉右衛門の言葉にお艶が黙り込んだ。

「さて参りますかな」

再び駕籠に乗った。駕籠伊勢の参吉たちは二子の渡しまで送っていくことになっていたのだ。

大山詣での大山道は、東海道の他、渋谷村から三軒茶屋に抜け、二子の渡しに出て、溝ノ口、長津田、下鶴間、伊勢原と抜ける矢倉沢往還が一番知られていた。

だが、お艶がどうしても池上本門寺に参詣したいというので、まず東海道を進むことになったのだ。

一行は品川宿を抜けた後、本門寺へ向かう池上道を出て、本門寺に到着した。

弘安《こうあん》五年（一二八二）、日蓮《にちれん》は病平癒のために身延《みのぶ》山久遠《くおん》寺を出て、常陸《ひたち》の国の隠井《かくらい》の湯へ向かった。その途中、この地に住む熱心な信徒の池上宗仲《むねなか》の屋敷に滞在したが、病を重くして亡くなった。

弘安五年十月十三日と伝えられる。

池上宗仲は、屋敷地を寄進し、日蓮の直弟子の日朗《にちろう》が寺院の設立に力を尽くした。

江戸期に入り、徳川家や大名諸家の信奉を得て、池上本門寺は大いに栄えることになる。

お艶の体調を考え、一行は加藤清正が造営した九十六段の石段を避けて、林間の坂道を上がり、本堂に参詣した。

その後、参道に軒を連ねる茶店で昼餉を摂《と》り、再び今津屋夫婦を駕籠に乗せて、その後はひたすら二子の渡しに向かった。

渡し場に到着したとき、すでに八つ半（午後三時）になっていた。

駕籠伊勢の参吉たちとはここでお別れだ。

おこんからたっぷり酒手を貰った参吉たちは、

「旦那、旅のご無事を祈ってますぜ」

「お内儀、一刻も早く元気になられて、江戸に戻ってきてくだせえ」

と挨拶すると、空駕籠を担いで江戸へと戻っていった。

渋谷村から三軒茶屋と大山道を辿ってきた旅人や、仕事帰りの馬と一緒に渡し船に乗った磐音は、

「今津屋どの、ちと早うございますが、溝ノ口宿で今宵の旅籠《はたご》を求めますか」

と相談した。

「そうですね。江戸を抜けただけでもよしといたしましょうかな」

吉右衛門がお艶の顔色を見ながら応じていた。

お艶はどこか放心した様子で川の流れを見ていた。

「お疲れでございますか」

おこんがお艶に訊いた。我に返ったお艶が、

「いえ、気分は晴れやかです」

と笑みを返した。

「旦那様、渡しを降りましたら、先に旅籠を探して参りましょうか」

と宮松が気を利かせた。

「まだ刻限も早い、旅籠は心配することもあるまい。ねえ、坂崎様」

「さよう、大山詣での信者を迎える日にちより三日ばかり早うございます。旅籠にも空きがございましょう」

と四人揃って宿場に入ることに磐音も賛成した。

「渡しが着いたぞ！」

船頭のしわがれ声が渡し場に響いて、船の舳先が川岸に乗り上げた。

吉右衛門が、

「お艶、手を貸しなされ」

と船から下りるお艶を介護した。

「おまえ様にこのようなことまでしてもらって、私はすっかり病人ですね」

渡し場には駕籠が待っていて客を物色していた。

宮松が駕籠屋の一人に声をかけようとすると、

「小僧さん、駕籠かい。ささっ、こちらにお乗りくだせえ」

と横合いから出てきた髭面の駕籠かきが言いかけた。

宮松は迷った。

「小僧さん、ここじゃあ、順番なんで」

強引に勧められてなんとなく頷いた宮松が、

「旦那様とお内儀様を溝ノ口の旅籠までお乗せしてくださいな」

と注文をつけた。すると吉右衛門が、

「宮松、宿場はすぐでしょう。私は足慣らしに歩いていきますよ」

と言い出し、一挺の駕籠にお艶だけが乗ることになった。

「駕籠屋さん、お内儀様は気分が優れずにおられます。そっとやってくださいな」

おこんが注文をつけ、駕籠屋が、

「合点承知だ」

と担ぎ上げた。

だが、いきなり、

「ほいさ、こらさ！」

と掛け声をかけると、暴れ神輿《みこし》を担ぐように走り出そうとした。

磐音が棒鼻《ぼうばな》を片手で押さえた。すると駕籠がぴたりと止まった。

「なにをしやがる！」

「そっとやってくれと連れが頼んだばかりだぞ」

「いやさ、溝ノ口宿なんてすぐそこだ。商いになるけえ。一気に走って次にかからにゃ、稼げねえや。どけ、どきやがれ！」

と大声を上げると磐音を足蹴《あしげ》りにしようとした。

磐音は体を開いて避けると、駕籠かきの頬っぺたを平手打ちした。

「やりやがったな！」

肩から投げ出そうとする棒を磐音が抱え込み、そっと下ろした。

「おこんさん、ただの駕籠かきではなさそうだ。お内儀どのをお守りくだされ」

おこんと宮松がお艶のもとへ駆け寄った。

肩の振り分けを足元に下ろした磐音に、

「さんぴん、邪魔すると痛い目に遭うぜ！」

と先棒と後棒《あとぼう》が一緒になって息杖《いきづえ》を振り上げ、殴りかかってきた。

磐音はすいっと、夕間暮れに路地裏を吹き抜ける風のように駕籠かきの懐に飛び込むと、手首を次々に手刀で叩いて、息杖を二本とも払い落とした。さらに先棒の腕を逆手に捻り上げた。

「い、痛《いて》えや！　離せ、この野郎」

と叫ぶ先棒に、

「このような悪さを仕掛けたのは、そなたらの知恵か。それともたれぞに唆《そそのか》されたか」

と訊いた。

「だれにも頼まれてなんかいねえや」

「ならば、なぜわれらに目をつけたな」

「そ、それは……」

「言えぬか。言わねばこの腕をへし折ることになるぞ」

「い、痛えや。やめてくんな。喋《しゃべ》るからよ」

磐音は駕籠かきの腕を離した。

髭面がどすんと地べたに尻餅を突き、腕を抱えた。

「話さねば、そなたの素っ首を二子の河原に転がすことになる」

磐音は腰の備前包平《かねひら》の柄に手をかけた。

「さ、侍の一団がおめえさんたちを懲らしめたら、酒代に一朱出すと言うからよ、ちょいと悪さを仕掛けたんだよ」

「侍の一団だと。何者だ」

「そんなこと知るけえ。武者修行の侍みてえな一団だ」

「何人いたな」

「七人か八人だ」

「そやつらはわれらのことをなんと申したな」

「江戸であくどい金儲けをしている両替屋の主夫婦と奉公人だと言ったんだよ。おめえさんみてえな連れがいるなんて、一言も言わなかったぜ」

「二度とこのような頼みを受けぬことだ」

「へっ、へい」

「お内儀どのをそっと宿場までお運びしろ。一揺らしでもしてみよ、そなたらは生きてはおらぬ」

「わ、分かった」

駕籠かきが改めてお艶を乗せた駕籠を担ぎ上げた。

「相棒、そっといくぞ、そっとよ」

先棒の声に静々と駕籠が進み出した。

二子の渡し場がある溝ノ口宿は、大山道の一つ、矢倉沢往還の宿でもあった。

玉川の南岸にあって、大山詣での講中の旅籠や、多摩川の奥から川流しされる筏《いかだ》宿が散在し、煮売り酒屋、旅人の履物を扱う下駄屋兼草履屋、染物屋など、小さな店が街道の左右に集まっていた。

今津屋吉右衛門の一行は、宿場の中央にある土手屋に投宿した。

大山詣でには数日早いせいで、旅籠は空いていた。

二階に、吉右衛門夫婦、おこん、それに磐音と宮松の三部屋を取ることができた。

「お内儀どの、お加減はいかがにございますか」

部屋に落ち着いた後、磐音がお艶の体調を心配した。

「旦那様には申し訳ないのですが、旅に出て気分がすうっとしました。その上、坂崎様の働きぶりを見物したら、胸のつかえが下りたようです」

と笑った。

「お役に立ててようございました」

磐音の返答におこんが、

「駕籠かきを唆した侍の一団ってだれでしょうね」

「どうやら、今津屋どののご夫婦と承知のようだな」

「狙いはなんでしょうかな」

吉右衛門が煙管《きせる》を吹かしながら、磐音に問うた。

「はっきりはいたしませぬが、今津屋どのの顔を承知した無頼の浪人者たちが、路銀でも稼ごうと狙いをつけたのではありませぬか」

「なら、最初からそいつらが出てくればいいじゃないの」

おこんが反論した。

「さて、その辺もはっきりせぬ。まず駕籠かきを唆してわれらの反応を見たのではないかな」

「ということは、明日からも付き纏《まと》われるということですかな」

「おそらく」

厄介なと言いかける吉右衛門にお艶が、

「これで退屈せずに旅ができますね」

と言いかけ、

「おまえ、そんな」

と吉右衛門が絶句した。

三

翌朝、夏の夜が明けた七つ半、一行はまず矢倉沢往還を辿って溝ノ口からおよそ四里先の長津田宿を目指すことになった。

吉右衛門は大山詣での足慣らしに歩くという。そこでお艶の駕籠一挺を土手屋が手配してくれた。

昨日の雲助駕籠とは一転して、穏やかそうな中年の竹松《たけまつ》と丑五郎《うしごろう》の兄弟駕籠で、大山詣でに何度も出向いて、道中をよく承知していた。それに伊勢原のお艶の実家も知っているという。

それを聞いた吉右衛門は磐音と相談して、お艶の実家まで通し駕籠を願うことにした。

徒歩になった吉右衛門は、日除けの菅笠を被り、手甲脚半《てっこうきゃはん》に草鞋履きで、磐音たちと肩を並べることになった。

「お帰りもお待ちします」

十分な宿代を貰った土手屋では、丁重に今津屋の一行を送り出した。

お艶の駕籠を真ん中にして溝ノ口宿を出ると、街道の両脇の畠《はたけ》には青々とした田圃《たんぼ》が広がり、ところによっては田植えが行われていた。

相模川《さがみ》で獲れた鮎《あゆ》を江戸に売りに行こうとする男たちが天秤《てんびん》に竹籠を振り分けて、早足で渡し場に向かう光景も見られた。

駕籠の簾を上げたお艶がそんな街道の様子を見て、嘆息した。

「おまえ様、青田が清々しいですね」

「後ろの竹藪《たけやぶ》と溶け合ってなんとも目が洗われますな」

夫婦の会話もどこか長閑《のどか》だ。

「お加減はよろしいようだな」

磐音が周囲に気を配りながら、おこんに訊いた。

「お顔の色もいつもより張りがあるわ。この分なら、何事もなく旅ができそうだけど」

「あとは無頼の侍だけです」

「お内儀様は普段、外を出歩かれることがないでしょう。昨日の騒ぎも、驚くよりも楽しまれたようよ」

「あのようなことが再三起こっては困るのだが」

磬音は困惑の体《てい》だ。

往還沿いの茶店では大山詣での講中を迎えようと、その準備が始まっていた。だが、街道上には、その混雑を避けた年寄りの信徒が西に向かうくらいで、のんびりしたものだ。

老練な駕籠かき兄弟はお艶の様子を見つつ、駕籠を進めた。

「お内儀様、ご存じかと思いますが、この界隈は大山詣での季節のほかは鄙びたところでねえ。春祭り、秋祭りには相模人形芝居が開かれるんですよ。江戸の本式の浄瑠璃《じょうるり》語りもいなければ、安房《あわ》人形ほども知られちゃいないが、これはこれで見物だ」

竹松は駕籠を担ぎながら、浄瑠璃の一段をお艶に語り聞かせた。

ゆったりした歩みで、流れの縁に駕籠を止め、寺があればお参りしながらの長閑な道中だ。

磬音はこのようなのんびりした旅を経験したことがない。いつもなにかに追われての急ぎ旅だ。

「おこんさん、おかげで命の洗濯ができる」

「深川生まれの女なんて、生涯江戸の内で大きくなって死んでいくことを自慢にしたりしていたけど、やはり知らない土地は旅するものね。物珍しいものがたくさんあるわ」

そんな二人の会話を聞いていた小僧の宮松は、

「坂崎様、おこんさん、空気が美味しくてすぐに腹が減ってかないませんよ」

とぼやいた。

「おやおや、宮松さんはもう空腹だそうよ」

そこで溝ノ口宿から二里ほど行った荏田《えだ》村の茶店で休息を取った。

「お艶の顔色もよいし、この分なら相模川を今日のうちにも越えられるかもしれませんな」

草餅《くさもち》を嬉しそうに食べるお艶を見ながら吉右衛門が言い、煙管に刻みを詰めた。

「おまえ様、私は段々と気分が晴れやかになりました。皆さんとご一緒に大山にも詣でたい気分です」

「それは重畳《ちょうじょう》ですぞ」

お艶が元気を回復した様子に磐音たちも気持ちが穏やかになった。

宮松は、自分の分とは別に、お艶の残した草餅も食べて、にこにこと満足そうだ。

「坂崎様なら強請《ゆす》りたかりの侍が出てきても、追っ払ってしまいますよね」

宮松は老分の由蔵の供で磐音が剣を使うところを何度か見ていた。

「そのためにお供しておるのだからなあ。だが、宮松どの、狐狸《こり》や野盗は現れぬにかぎる」

「お内儀様の気晴らしに、ちょいと出てきてもおもしろいですよ」

「宮松どのは、まるでこのあたりの人形芝居か、野芝居を見物するようなことを言われるな」

「だから、ちょっぴりでいいのです」

「小僧さんよ、真っ昼間に強請りたかりが出るものかね」

街道をよく承知した駕籠かきの竹松に言われて、

「それは残念」

と宮松はがっかりした。

「さて、小僧さんが気落ちしたところで、旦那様、お内儀様、行きますかね」

兄弟駕籠に催促されて再び一行は矢倉沢往還に戻った。

竹松と丑五郎は駕籠を一揺らしもせずに結構な速さで進んでいく。

磐音は、

(まずは普通の旅の行程は進めそうだ)

とほっとした。

さらに一刻ばかり進んだ長津田宿の小体《こてい》な料理茶屋で昼餉を食した。

相模川の鮎の塩焼き、筍《たけのこ》など野菜の煮物で、野趣の漂う昼餉だ。

そのせいで、出立は九つ半(午後一時)の刻限になっていた。

「相模川を渡るのは無理ですかな」

吉右衛門が磐音に相談した。

「渡しには間に合いましょうが、無理は禁物です。お天道様《てんとう》とお内儀どのの体調次第で、早めに宿を探したほうがよろしいかと思われます」

「そうですね」

竹松と丑五郎は、食事の後も実になめらかな担ぎっぷりで、お艶に街道の神社仏閣の縁起や村の自慢などを説明して飽きさせなかった。

それがお艶の心と体を穏やかなものにしていた。

「おまえ様、私はこうしてずっと旅したいくらいですよ」

「おまえはいいが、私どもは街道をどこまでも旅するわけにはいきませんよ」

長津田から下鶴間まで一里半、刻限は八つ半になろうとしていた。

磐音が吉右衛門に、

「どうなされますか」

と改めて訊くとお艶が、

「おまえ様、下鶴間から相模川までそう遠くもございません、無理をすれば、日のあるうちに辿りつきましょう。駕籠屋さんがよろしいと申されるのであれば、相模川から大山を眺めとうございます」

と言い出した。

故郷近くになって帰心が湧《わ》いてきたらしい。

夏の日はまだ中天にあった。

「駕籠屋さん、どうだろうね」

「へえっ、お内儀様の気分さえよろしいのでしたら、日の入りまでには河原口に着きましょうぜ」

吉右衛門と磐音が頷き合い、

「では、ちょいと早足で行ってもらいますか」

と吉右衛門が決断した。

一行は荷を担ぎ直し、草鞋を替えて足拵《あしごしら》えをすると再び進み始めた。すでに武蔵から相模の国に入っている。

「駕籠屋さん、相模川はもうすぐですね」

とお艶が言い出したのは、相模川の河原が夕暮れに染まって見える場所まで来たときだ。

「お艶、どうしました」

吉右衛門が訊く。

「はい、この近くの龍昌院に叔母の墓がありますから、少しの時間《とき》だけでもお参りしておきたいのです」

「おお、おまえを幼いときから可愛がってくれたお克《かつ》様が眠っておられるのでしたな。河原口はもう近い。駕籠屋さん、無理を聞いておくれ」

と吉右衛門も賛同し、一行は矢倉沢往還と河原の間に建つ龍昌院の境内に駕籠を乗り入れた。

おこんと宮松が庫裏《くり》に走って、閼伽桶《あかおけ》と線香などを借りてきた。

荷を降ろした一同はお艶の縁戚の墓石を掃除して、線香を手向けた。

お艶は、可愛がってくれたというお克の墓の前に、長いこと頭《こうべ》を垂れていた。

「おまえ様、駕籠屋さん、無理を言いましたね」

すでに夏の夕闇が迫っていた。だが、相模川の岸辺、河原口まではもう半里もない。それにお艶の実家の名はこの辺りでは知られていたから、どこの旅籠でも無理が利く。

「さて、参りましょうか」

おこんが閼伽桶を返しに行き、お布施を庫裏に届けてきたところを見計らって、磐音が声をかけた。

「いろいろと無理を言いましたね」

お艶がすまなそうな顔をして、宮松を先頭に一行は山門へと向かった。が、すぐに、

「宮松どの、待たれよ」

という磐音の声が飛び、おこんにお艶のそばにいるよう命じた。

「坂崎様、なんぞございましたかな」

吉右衛門が磐音の険しい声に訝《いぶか》しい表情を見せた。

螢が飛び交う石畳が山門まで続くばかりで、なんとも幻想の宵が広がっていた。

「溝ノ口の駕籠屋を唆した連中が先回りしたか、待ち受けているようです」

「どこにも見えませぬがな」

吉右衛門が辺りを改めたとき、山門の陰から七、八人の武芸者崩れの浪人集団が姿を見せて、ゆっくりと磐音たちのほうに歩いてきた。

「駕籠屋さん、心配はいらぬ」

そう言って磐音は振り分けと背中の道中嚢を手早く解くと石畳に置いた。

駕籠の周りに吉右衛門らが固まった。

身軽になった磐音が、

「なんぞ御用かな」

とのんびりした言葉で声をかけた。

「江戸は米沢町で両替商の看板を掲げる今津屋と奉公人だな」

「ほう、よくご存じですね」

磐音は半円に取り巻いた一団の格好を確かめた。

夏だというのに汗臭い冬羽織や裾の解《ほつ》れた道中袴を着けた武芸者、着流しの侍とさまざまだ。

声をかけてきた中年の男が辛うじて、季節に合った夏仕度をしていた。

「御用かな」

「われら、武者修行の途次の者だが、生憎《あいにく》と路銀を切らした。そこで江戸の者の誼《よしみ》で今津屋に路用の金子を無心したい」

「手早くいえば、強盗にござるか」

「おのれ、神道一心流の伊東八十吉に向かって、強盗とぬかしおったか」

「違うと言われるか」

そのとき、参道のかたわらからもう一人仲間が姿を見せた。だが、その姿格好は、伊東の一派とどこか違っていた。まだ浪々の身になって浅いのか、五体に奉公者の律儀《りちぎ》さが残っていた。

「釜崎、そなたが試してみぬか」

伊東が最後に姿を見せた若侍に命じた。

「いえ、この場は伊東様にお任せいたします」

釜崎と呼ばれた若侍は答えて、その場から動こうとはしなかった。

「なにっ！　おまえは寝食の費えをおれに持たせておいて、命も聞けぬのか」

「はい。遠慮いたします」

若侍ははっきりと断った。

「おのれ、そなたの始末は後でつけてやる」

と叫んだ伊東八十吉が羽織を、

ぱあっ
と脱ぎ捨てた。すると裏地の派手な朱が夕暮れの光に鮮やかに躍った。

仲間が一斉に剣を抜き連《つ》れた。

「今津屋、金子を出してこの場を鎮める気はないか」

伊東が吉右衛門に問うた。

「強請りたかりに一々金子を出していたのでは、江戸の両替商は務まりませぬ」

「ぬかしおったな。あとで吠え面をかくことになるぞ」

「この今津屋吉右衛門、坂崎様の剣をご信頼申し上げておりましてな、そなた方が何人かかろうと無駄にございますよ。どうですかな、このまま引き上げられては」

「おのれ、言わしておけば」

と叫んだ伊東八十吉が、

「各々方、こやつも今津屋も斬り殺して、有り金ひっさらうぞ！」

と命じた。

磐音は帯中にある古《いにしえ》の備前の名匠が鍛え上げた大包平二尺七寸の豪剣の上下の向きを変えた。これで上の刃が下刃になったことになる。

寺内での戦いゆえ、刀の峰で戦おうと考えたのだ。

柄に手を置いただけの磐音は戦いの輪の外にある釜崎を見た。

釜崎は淡々と戦いの推移を見守っていた。

「参られよ」

再び注意を戦いの輪に戻した磐音が誘いかけると、右手の着流しが、

「とう！」

と踏み込んできた。が、それは偽装の動きで、真の攻撃は右手から疾風《はやて》のように襲いかかってきた。

磐音は第二撃目の道中袴に向かって、渾身《こんしん》の抜き撃ちを放っていた。

包平が一条の光になって、攻撃者の胴をしたたかに抜いた。峰打ちが、
びしり
と決まり、腰砕けに転がった。

そのときには、前方から突きが襲来してきた。

包平が虚空で素早く反転し、突きの鎬《しのぎ》を弾《はじ》くと同時に、肩口へ強打を叩き込んでいた。

むろん峰に返した剣の反撃だ。

前のめりに倒れ込む男の体を避けた磐音は、最初に偽装の攻撃を仕掛けた着流しと激突していた。

この日の磐音は居眠り剣法を捨てていた。

大勢の敵に対して磐音は一人、なにより今津屋夫婦やおこん、宮松に危害が及んでは用心棒の仕事は勤まらなかった。

磐音は目の端で伊東八十吉の動きを牽制《けんせい》しつつ、八双から振り下ろされる相手の剣を掻《か》い潜って、車輪に回した胴撃ちを決めていた。

一瞬の動きで三人が崩れ落ちるように倒れていた。

残り四人の攻撃が止まり、躊躇《ちゅうちょ》した。

それを見た磐音は、峰から真剣へと包平の柄を手の内で回した。

「次なる相手は容赦せぬ。どなたにござるな」

磐音が大帽子《きっさき》をゆっくり巡らすと後退《あとじさ》りした。

「おのれら、ただ飯ただ酒を喰《くら》いおって！」

叫んだ伊東八十吉が腰の剣の下げ緒を解くと手早く襷にかけた。

さすがに修羅場《しゅらば》を潜ってきた剣客の風格があった。

「伊東どのが相手か」

磐音は、包平を伊東八十吉に向け直し、寺内の闘争の気配に気付いて走り出てきた和尚《おしょう》らに向かって断りを入れた。

「和尚どの、伊東八十吉と申す野盗どもの一派に襲われて致し方なく剣を抜き合わせた者にござる。寺内を騒がせたは後ほどお詫《わ》びいたす」

「承知いたしました」

和尚から返事が返ってきた。

その言葉を聞いて磐音は伊東八十吉との戦いに集中した。

神道一心流と名乗るだけに、伊東の剣はさすがに油断ならなかった。

もはや命のやり取りしか勝負を決する途はない。

磐音は心を鎮めて、正眼に包平をおいた。

これに対して、伊東八十吉は剣を寝かせ、切っ先を長身の磐音の喉下一寸に狙いを定めて、
ぴたり
と決めた。

間合いはほぼ一間半。

龍昌院境内にしばし緊迫の時が流れた。

伊東八十吉の顔が蒼白《そうはく》に変わり、充血した両眼が細く閉じられていく。

「え、ええい！」

伊東が地を這うような体勢から突進し、必殺の突きを繰り出した。

磐音の正眼の剣が、春風駘蕩《しゅんぷうたいとう》の舞を演じて、突き上げられてきた伊東の剣の物打ちを優しく弾いた。

すると伊東の電撃の突きの力が磐音の剣の動きに吸い取られたように躱されていた。

「おのれ！」

伊東八十吉はたちまち体勢を立て直すと、弾かれた剣を磐音に向かって斬り下ろしていた。

磐音はそれも弾いた。

だが、伊東八十吉の剣勢は、磐音が考えたよりも鋭く、変幻自在であった。なにより間合いの中から逃げようとはせずに、三の手、四の手と繰り出してきた。

磐音はことごとく真綿で包《くる》むように相手の攻撃を跳ね返しながらも、反撃の機会を狙った。

伊東八十吉が焦《じ》れた。

そのせいで伊東の擦《す》り上げた剣が頭上に流れて変転し、磐音の肩口に拙速に落ちかかったとき、磐音は包平を脇構えにおいていた。

両雄は同時に仕掛けた。

違っていたのは、磐音が死地の中へ一歩踏み込み、冷静さを失いつつあった伊東が、がむしゃらに先を急いだことだ。

その差が生死を分けた。

磐音の抜き胴が一瞬早く決まり、伊東八十吉が横手に倒れ込んで動かなくなった。

ふうっ！

磐音が息を吐き、吉右衛門が、

「坂崎様」

と呟いていた。

「勝負の決着はついた。怪我人を連れて引き上げられよ」

磐音の言葉に、伊東八十吉の仲間が峰打ちを喰って失神した三人を連れて、龍昌院から逃れていった。

が、一人だけ、なぜか釜崎と呼ばれた若侍が残っていた。その釜崎が磐音に、
ぺこり
と頭を下げると足早に仲間の後を追った。
そのとき、おこんの悲鳴が境内に響いた。
「お内儀様！」
お艶が駕籠の中で崩れるように気を失っていた。

四

お艶は龍昌院の庫裏に運ばれ、厚木宿から医師今村梧陽《いまむらごよう》が呼ばれた。診察と治療が終わったとき、お艶は意識を取り戻し、青い顔ながら、

「おまえ様、ご心配かけました」

と言葉も出るようになっていた。

老練な医師梧陽は、伊勢原のお艶の実家も、お艶自身もよく知る人物だった。

一方、磐音は龍昌院の小僧を土地の御用聞きのもとに派遣して、伊東八十吉との闘争の経緯《いきさつ》を届け、始末を仰いだ。

厚木宿の御用聞き、相模の寛太《かんた》親分は初老の男で、江戸の豪商の一行が巻き込まれた騒動に同情して、この件と亡骸《なきがら》の後始末を引き受けてくれた。なにしろ戦いには龍昌院の住職らも立ち会っていたことであり、お艶の伊勢原宿子安村の実家は、この近在で知られた庄屋にして素封《そほう》家だった。

相模の寛太としても、役に立っておくのは損なことではなかったからだ。

寛太親分が伊東八十吉の亡骸を引き取っていった直後、今村梧陽も治療を終えていた。

吉右衛門と磬音は庫裏の外まで送っていった。

「世話になりましたな。いや、お艶の実家近くでよかった」

と頭を下げる吉右衛門に梧陽が、

「今津屋さん、お艶さんは江戸で医師にかかっておられぬのか」

「それが一方ならぬお医師嫌いでしてな。自分の体は自分がよく承知ですと、医師を呼ばせぬのです」

と答えた吉右衛門に梧陽が首を傾げた。

「先生、なにか」

しばし自分の診察を確かめるように考えていた梧陽が言い出した。

「お艶さんは胃の腑《ふ》にしこりをお持ちじゃ。ひょっとしたら悪い病に取り憑《つ》かれておられるのかもしれぬ」

「なんですと」

「田舎医者の診断です。江戸に戻られて、確かな医師に診察を受けられるとよい」

「梧陽先生、待ってください。先生はこの界隈では、蘭学《らんがく》を修めたお医師として評判の高い方ではございませぬか。お艶の実家もそのことは承知です。その先生の診立《みた》てに間違いがあろうはずもない。詳しくお話しくだされ」

即座に覚悟を決めた吉右衛門がさらに訊いた。頷いた梧陽が、

「今津屋さん、しこりは腫瘍《しゅよう》と思われる、指先に触れる感じからかなり大きい。おそらくお艶さんは承知であろう。これまで断続的な吐き気や痛みも感じておられたはずじゃ」

「なんと……」

思わぬ診断に吉右衛門が絶句した。

「先生、治療の手立てはどうすればよいのでございますか」

磐音が代わった。

「この腫瘍が消える手立ては今の医学にはない。おそらく医術が進んだ異国でも未だ見つかっておるまい」

　さすがの磐音も呻いて黙り込んだ。

「お艶さんはあるとき、しこりに気付かれて、直感的に不治の病と悟られたのではあるまいか。それで血の道と偽りながら過ごされてきた」

「お艶を、江戸に戻すがいいか、このまま伊勢原に連れていくがいいか」

　吉右衛門が迷う心を口にした。

「まずは二、三日、こちらで休養なされよ。お艶さんの気持ちに添うことが大切じゃろう。それがしでよければ、いつでも診察に参るでな」

「お願いいたします」

「ならば、明日はそれがし一人で触診と問診をしてみよう。それではっきりしよう。その後のことは、その結果次第じゃな」

「お艶があれほど頑固に田舎に戻りたいと言い続けた背景には、このことがあったからでしょうな。私はまた子供が生まれないことを責めてのことと勘違いしておりました」

「それならば、お艶さんは実家に帰りたいと申されましょうな」

「私はお艶の悩みにも気がつかなかったのか」

吉右衛門が自らを責めるように呻いた。

庫裏から提灯に灯りを貰った薬箱持ちの弟子が姿を見せたが、凝然と黙り込む三人の姿に山門の下のほうへ離れた。

「梧陽先生」

と吉右衛門が語調を改めた。

「お艶の寿命、どれほどと診立てられますか」

「それは医師にも難しい答えじゃ。お艶さんがのんびりと好きな道を楽しまれながら過ごされるならば、一年か、あるいはもっと長いか」

「お艶は不治の病と承知しておるのでしょうか」

「と思えるな」

と応じた今村梧陽が、

「ともあれ、明日も参りますで、伊勢原にお連れする日取りはそのとき決めましょうかな」

「お願いいたします」

梧陽は吉右衛門と磐音に頭を下げると、薬箱持ちの弟子の先導で山門から往還へと歩いていった。

吉右衛門と磬音は黙したまま、提灯の灯りが遠のくのを見詰めていた。

提灯が闇に没すると、代わりに螢が淡い光を点して飛ぶのが見えた。

「坂崎様、このこと、そなた様の胸のうちに仕舞っておいてくだされ」

「承知つかまつりました」

また沈黙があった。

「それがし、斬り合いをご覧になったせいで血が下がったとばかり思うておりました」

「そうであればよかったが……」

吉右衛門が絞り出すように答えた。

「どうなされますな」

「坂崎様、覚悟を決めました。こうなれば、お艶の望みどおりにさせたいと思います」

さすがに大店の主、即座に肚を固めた。

「相模川を渡って伊勢原のご実家に向かうことになりますか」

「江戸に戻るよりもそちらのほうがずっと近いのです。まずはお艶の生まれた家に落ち着きましょう」

「承知しました」

また沈黙があった。そして、吉右衛門が、

「全くもって迂闊《うかつ》でした。まさかこのような仕儀になるとは……」

と嘆き、二人は重い足取りで庫裏に戻った。

翌朝、お艶は、龍昌院を出立して伊勢原へ向かい相模川を渡りたいと望んだ。

「お艶、梧陽先生の診断を受けた後に決めましょうぞ。坂崎様が、斬り合いを見たせいで、血が下がったと恐縮しておられる」

「いえ、それは違います」

お艶がきっぱりと言い切った。

「坂崎様が浪人衆を相手にばったばったと倒されるのを見ていたら、胸がすうっとして、そのうちになんだか体の血が騒いで亢奮してきました。あんなこと、何年ぶりのことでしょう。坂崎様、お強いのですね。旦那様やおこんが頼りにするのが旅に出て分かりました」

お艶の言葉はあくまでおっとりしていた。それでも、

「お内儀どの、今後は十分に注意いたします。お許しくだされ」

と磬音はお艶に謝った。

昼前には、今村梧陽の知らせでお艶の実家から兄の儀左衛門《ぎざえもん》が奉公人を連れて駆けつけてきた。

その直後に梧陽が診察に再び姿を見せて、

「おおっ、だいぶ顔色も回復なされたな。念のためじゃ、今日は久しぶりにお艶さんのお加減を診て進ぜましょうかな」

と二人だけの診察を始めた。

四半刻（三十分）後、病間に吉右衛門と儀左衛門が呼び入れられた。

磬音やおこんは離れた部屋で待機していたが、梧陽の笑い声が伝わってきた。

そして、磬音とおこんが呼ばれた。するとお艶が梧陽に無理を言っていた。

「梧陽先生、私はもはやなんともございませぬ。これから川を渡ることはいけませんか」

「お艶さん、伊勢原はもうすぐそこだ、逃げはせぬよ。今日一日は龍昌院に世話になることじゃ。そなたがおしめをしておる時分から診てきた医者の言うことは聞くものじゃぞ」

と諫められ、お艶は明日の出立を納得した。

磐音は吉右衛門と相談して、駕籠かき兄弟の竹松と丑五郎を溝ノ口宿に戻すことにした。

実家からも乗り物が龍昌院に運ばれてきていたからだ。

磐音とおこんが山門まで兄弟駕籠を見送っていった。

「旦那、おこんさん、帰りに溝ノ口に寄ってくださいよ。それと、お内儀様の病が一日も早く治ることを、わしらも念じながら戻りますよ」

と言い残して、矢倉沢往還を東へと姿を消した。

大山詣での人たちが段々と増えていた。

納めの木太刀を二人で担いだ職人衆や、年寄りの講中が、

「ろっこんざいしょう……」

と早くも唱えながら渡し場へと向かった。

おこんが河原口でお艶の寝巻きなどを購《あがな》ってくると言った。

「ならば、それがしもお供しようか」

二人は肩を並べて、矢倉沢往還を河原口へと降りていった。

「坂崎さん、えらいことになったわね」

「大方、慣れぬ旅で気を遣われたのでしょう。実家に落ち着かれれば、回復されよう」

おこんは磐音の言葉になにも応じようとはしなかった。しばらく沈黙したまま歩いていたが、

「昨夜、梧陽先生をお送りしたまま、旦那様と坂崎さんはなかなか戻ってこなかったわね」

「境内を飛ぶ螢の明かりを見ていたら、つい刻限が過ぎてしもうた」

「坂崎さんは嘘《うそ》をつくのが下手ね」

「どういうことかな、おこんさん」

「お内儀様が昨夜、鳩尾《みぞおち》の下にあるしこりのことをお話しになったの。そして、どうやらお医者様でも治せぬ病に取り憑かれたようだと寂しげに言われたわ」

磐音はしばらくなにも答えなかった。が、ようやく口を開いた。

「おこんさんはなんと答えられた」

「お内儀様は考えすぎですと言ったんだけど、旦那様のご様子やら坂崎さんの顔を見ると、お内儀様の勘はあたっているように思えるの。それに今日、梧陽先生がお内儀様をお一人で診察なさったでしょう」

磐音はただ頷いた。が、吉右衛門との約定《やくじょう》もあった。話すべきかどうか迷いながら歩いていた。

「私を信頼できないの」

「いや、違う」

と即座に否定した磐音は、肚を固めていた。

お艶がすでにおこんに自分の病を話していた。それにこれからはおこんの助力なしには何事もできないことも確かだった。

「おこんさん、気を悪くせんでくれ」

と前置きして、昨夜の梧陽の話を告げた。

「やっぱりお内儀様の勘はあたっていたのね」

「お内儀どのは痛みを感じられると申されたか」

「半年前までは腹の上あたりの膨らみに不快な思いをされていたのが、最近では痛みや吐き気が頻繁《ひんぱん》に起こって、厠で吐かれたこともあったそうよ」

「そうであったか」

今日の診察の後、庫裏で梧陽と吉右衛門と儀左衛門の三人で長いこと話し込んでいたことを考え合わせると、梧陽の昨夜の診断が大きく外れたということはないと思えた。

それどころか、昨夜の梧陽の診立て以上に病が進行しているのではないかと磐音は危惧《きぐ》した。

「私は今津屋に奉公に上がって、七年になるわ。だけどお内儀様はその頃から病がちで、奥の離れでひっそりと過ごしていらしたから、今度の病にも少しも気付かなかった。奉公人失格ね」

とおこんが自嘲《じちょう》して寂しげに笑った。

「今津屋どのも迂闊であったと言うておられた。それだけお内儀どのが自分の病を隠し通してきたということではないだろうか」

おこんから返事は戻ってこなかった。

相模川は河原口のすぐ北で中津川と合流して、相模の海へと注ぎ込むことになる。

大山詣での講中の一行が渡し舟を待つ河原口は、大勢の白衣《びやくえ》の信徒で溢れていた。

普段は鄙びた渡し場の里なのだろう。

おこんは、そんな集落に呉服と雑貨屋を兼ねた店を見つけ、お艶の浴衣などを買い求めた。

明日には伊勢原の実家に着くと予測されたが、お艶の体調次第ではどうなるか分からない。そのことを案じておこんは、浴衣や襦袢《じゅばん》などを用意したのだ。

二人はなんとなく渡し場に足を向けた。

対岸は厚木宿である、伊勢原宿まではどんなにゆっくり進んでも半日とかからない。

そのとき、
わああっ！

という悲鳴とともに、渡し舟を待つ大山詣での人々が磐音たちのほうに逃げ惑ってきた。すぐその後を、棒切れを片手にした若者が逃げてきた。そして、その後方から、長脇差を派手に振り回したやくざ者たちが追ってきた。

その何人かが先回りして、若者の行く手を塞いだ。

「てめえ、国次郎《くにじろう》、おとなしくしてりゃいいものを、うちの親分のなさることにいちゃもんを付けようとは、どういう了見だ」

兄貴分が肩を怒らせ凄んでみせた。

一統の後から派手な長法被《ながはっぴ》を着た親分が姿を見せた。なんとも大きな銀煙管《ぎんぎせる》で煙草《たばこ》を吸いつけている。

「そうじゃねえってのか、おめえらの舟に乗ってみろ、渡し賃の何倍も取られるじゃねえか。金のありそうな年寄り一行だと見ると、川の真ん中で舟を揺すっちゃ、金を巻き上げる無法を繰り返す。大山詣でを楽しみにしてきた旅人を難儀させるから、おめえらの舟だけには乗るなと注意したんだよ。それのどこが悪い」

話の経緯から国次郎は渡し舟の船頭のようだ。

そして、やくざ一家は、大山詣での時節に不法な渡し舟を仕立てて、旅人から法外な金を強請りとる手合いのようだった。

「国次郎、大勢の人様の前でぬかしやがったな。うちの中津川の愛吉《あいきち》親分は、大勢で込み合う大山詣での時節だけ、奉仕で舟を出していなさるんだ。これはお上もご承知のことだ」

「嘘をぬかせ。渡しには問屋組合があってよ、その仲間だけが昔から川渡しができる取り決めだ。渡し賃だって定法どおりだ。それがおめえらの舟は取り放題じゃねえか」

国次郎は大勢が見ているせいか、なかなか威勢がよかった。

「猪吉《いのきち》、かまうことはねえ。国次郎の野郎を叩きのめして簀巻《すま》きにしてよ、相模川に叩っ込め」

銀煙管の愛吉親分が兄貴分に命じた。

長脇差を振りかぶった猪吉が棒切れを振り回す国次郎に迫り、

「おい、足をかっぱらえ！」

と弟分たちに命じた。

竹竿《たけざお》を持った子分が左右から国次郎の足元を薙《な》ぎ払い、国次郎がよろけた。

そこへ猪吉が近寄った。

「待て待て、待たぬか」

磐音が声をかけた。

「なんだ、てめえは」

「通りすがりの者だが、話を聞いておると、国次郎さんのほうが理屈が通っておるようだ。親分さんが舟を出されるのはよいが、まずは問屋組合と話し合われることだな」

「さんぴん、土地のことは土地の人間に任せな。これ以上しゃしゃり出るなら、おめえも簀巻きにして、相模川に叩っ込むぜ」

猪吉が凄んだ。

「それは困る。ともあれ、この場には大勢の旅の方もおられる。中津川の親分さん、引き上げるよう子分衆に命じてくれぬか」

「かまわねえ、さんぴんも畳んじまえ！」

銀煙管が振られ、猪吉が振りかぶっていた長脇差を磐音の眉間《みけん》に叩きつけてきた。

磐音はふわりと刃の下に踏み込むと、斬り下ろされる長脇差の腕を摑み、腰車に乗せて投げ飛ばした。

猪吉は、三間も虚空を飛んで地べたに叩きつけられ、失神した。

「やりやがったな、叩っ斬れ！」

中津川の愛吉の命令一下、子分たちが磐音を取り巻こうとした。

磐音は呆然と立つ国次郎のところに走り寄ると、

「国次郎どの、その棒切れをお借りしよう」

と若い船頭の手から三尺ほどの棒切れを借り受けた。

「よいな、そなたはこの場にしゃがんでおれ。手を出すでないぞ」

そう言って国次郎を止めた磐音が棒切れを構えると同時に、磐音の横手から匕《あい》首《くち》を片手に翳した子分が飛び込んできた。

磐音の棒切れが閃いた。

襲撃者は、匕首を持った手首を叩かれ、その上、肩口を殴られて地面に転がった。

が、委細かまわず中津川の愛吉一家の子分たちは磐音に襲いかかり、次々に腰や太股《ふともも》を叩かれて、転がった。

一瞬の間に六人の子分が倒れて呻いていた。

磐音は攻撃が途絶えたのを見計らって、啞然《あぜん》と立ち竦む愛吉親分の下に歩み寄り、

「親分、最前、それがしが申したこと、覚えておられるかな」

と訊いた。

「お、覚えてなんかいるものか」

磐音の手の棒切れがゆっくりと振りかぶられ、

「思い出してくれぬか」

と言うと、電撃の一閃《いっせん》が愛吉の眉間に振り下ろされ、紙一重の間合いで、
ぴたり
と止められていた。

神保小路の直心影流の佐々木玲圓門下の磐音の一撃だ。

空気を両断する勢いがあった。

ぶるぶると身を震わせた中津川の愛吉親分の手から自慢の銀煙管がこぼれ落ち、へなへなと腰砕けにへたり込んで、

「思い出されたようだな」

という磐音の念押しに何度も顔を振って頷いた。

「国次郎どの、親分もこう言われておる。今日のところは許されよ」

若い船頭が大きく頷いて、騒ぎは鎮まった。

第四章　鈴音大山不動

一

陰暦六月の下旬、江戸の町にはうだるような暑さが戻ってきた。

大川端ではさらに白木綿の浄衣に身を包んで水垢離を取る人の姿が増えた。

大山詣での人々だ。

朝顔売りが陽射しを避《よ》けて、朝の間だけ売り声を響かせていた。

この日、江戸の両替商六百軒を束ねる両替屋行司の今津屋の前を、やや西に傾き始めたお天道様を見計らって入谷から出てきたらしい初老の朝顔売りが通りかかった。

店から息抜きに出てきた老分の由蔵が、豆絞りの浴衣の裾を絡げた朝顔売りの老爺を呼び止め、小さな鉢に仕立てられた紅色の朝顔を求めた。

「番頭さん、ありがとうよ」

と言う朝顔売りに、

「この暑さじゃ花がすぐに枯れよう。気を遣うね」

と応じると、丁稚の一人に帳場から巾着を持ってくるよう命じた。

「朝顔売りは朝の間仕事だが、花も盛りだ。人に見られないまま萎《しぼ》んでしまうんじゃ朝顔もかわいそうだと思いましてね。こちらまで遠出してきたところでさ」

由蔵が朝顔の代金に少しばかりの色をつけて払ったところへ、若い飛脚屋が顔を出した。

こちらは顔見知りの達三《たつぞう》で、塗笠《ぬりがさ》の下の顔が真っ黒に焼けていた。

「老分さん、文だぜ」

「おまえさんも暑いのにご苦労だね。冷えた茶など飲んでいきなされ」

と丁稚に茶を運んでくるよう言いつけて、文を受け取った。

由蔵は差出人の名に目を止めて、

「おや、旦那様からだ」

と混雑する店を避けて、奥座敷に向かった。

封を開いて読み始めた由蔵の顔色が変わった。そこには思いがけないお艶の病気が記されていたからだ。

由蔵は二度ほど文を読み返した。

そして、その文を持ったまま今津屋の仏間に入り、灯明を点して線香を手向《たむ》け、先祖の位牌にお艶の病平癒を願って一心不乱にお題目を唱え始めた。

四半刻（三十分）余り、仏間で過ごした由蔵が店に戻ると、さすがに客の姿も少なくなっていた。

由蔵が店を留守にするとき、帳場格子の中に座る支配人の林蔵《りんぞう》がちらりと老分の顔を見て、

「品川様がお見えでございます」

と店先で丁稚の登吉《とうきち》と話す品川柳次郎を教えた。

「品川様、お暑いのに橋を渡ってこられたか」

由蔵の声に振り向いた北割下水の御家人の次男坊、品川柳次郎が、

「坂崎さんはどうしているかなと思って様子を聞きに来たんです」

と屈託ない顔を向けてきた。

「先ほど旦那様から便りが届きました。坂崎様ならお元気です」

由蔵の含みのある言葉に林蔵がはっと顔を上げた。それにはかまわず由蔵が思いついたように訊いた。

「そうだ、竹村様はどうしておられますな」

「十日も前に溝浚《どぶさら》いの日傭《ひようと》取りを終えて以来、仕事がないそうです。連日、口入《くちいれ》屋《や》を回って歩いています」

「品川様はいかがで」

「ご覧のとおり、いたって無聊《ぶりよう》をかこっております」

「ならば、竹村様とお二人、当分の間、うちで不寝番をやられますかな」

「むろん、それがしも竹村の旦那も二つ返事です。なんぞ気がかりがございますので」

「いえ、なにもございません」

「なにもなしでわれらをお雇いになるのですか」

「私の気まぐれですから日当は高くは差し上げられません。今晩から、一晩一分に夕餉と朝餉付きでどうですかな」

「お願い申す」

柳次郎がぺこりと頭を下げて、

「この足で南割下水の竹村の旦那を呼んで参ります」

と着流しの姿を早々に店先から消した。

林蔵が、

「老分様、なんぞ気がかりがございますので」

と念を押した。

店を見回した由蔵がもう一人の支配人の和七《わしち》を手招きした。

二人の今津屋の幹部が緊張の面持ちで由蔵の前に座った。

「先ほど旦那様から文が届きました。お内儀様が旅の道中で倒れられたということです」

二人の口から驚きの声が洩れた。

「これ、静かに」

と諭した由蔵が、

「病が長引くことも考えられる。となれば、旦那様もすぐには江戸にお戻りになられぬかもしれません。このようなとき、往々にして騒ぎや間違いを起こすものです。気を引き締めて働いてくだされ」

「はい」

と返事した林蔵が、

「お内儀様の病は重いのでございますか」

「林蔵、和七、そなたら二人だけには知らせておきます。他の奉公人には極秘にしておいてくだされ」

とさらに注意して、吉右衛門の書き送ってきた病状を告げた。

「なんということでございましょうか」

和七が暗い顔で呆然と呟いた。

「品川様と竹村様に今晩より店に泊まってもらいます。私どもの注意が散漫になると、夜盗の類もすかさず狙いをつけるものですからな」

由蔵の用心深さに林蔵が納得して首肯《しゅこう》した。

河原口の龍昌院に世話になっていたお艶は戸板に寝かせられ、大山詣での人込みを避けて、夜のうちに子安村のお艶の実家に運ばれた。

搬送の指揮を自らとったのは、お艶の兄の赤木《あかぎ》儀左衛門だ。

次の日、熱が出たが、それも夕暮れには鎮まった。

戸数三百軒のうち、御師《おし》（先導師）の家が五十ほどを数える伊勢原宿子安村は、巡ってきた大山詣でに高揚していた。

赤木家は、大山詣での拠点として本坊三十六坊、脇坊二十四坊がある子安村の庄屋を代々務めていた。

当代の儀左衛門で九代目を数えるという。

長屋門を持つ屋敷は、母屋の他に離れもあれば、大山詣での時節には知り合いを泊める宿坊も何棟かあった。むろん儀左衛門の屋敷うちにも江戸から来た信徒たちが泊まっていた。

大勢の泊まり客を相手に奉公人たちもてんてこ舞いで、食事の仕度などに走り回っていた。

そんな最中にお艶が戸板で運ばれてきたのだ。

お艶、吉右衛門夫婦とおこんが離れに泊まり、磬音と宮松には宿坊の一室があてがわれた。

明日は初山だという夕暮れ、母屋に磬音とおこんが呼ばれた。

お艶の病気が暗い影を落とす母屋の座敷には、主《あるじ》の儀左衛門と吉右衛門がいた。

「なんぞ御用にございますか」

磬音が訊いた。

「坂崎様、相談があります」

と前置きした吉右衛門が、

「お艶が無理を言い出しましてな、どうしても大山詣でがしたいというのです」

磐音はおこんと顔を見合わせた。

だれが見ても、お艶の体調では大山詣でなどできそうにもないことが分かっていたからだ。

「女人禁制の大山参りも、不動堂までなら女も行けるのです。お艶はせめてそこまで参りたいというのですよ」

儀左衛門が空咳《からぜき》をひとつして、

「病が治らぬことを承知している妹の気持ちを斟酌《しんしゃく》すると、せめて体力のあるうちに吉右衛門どのと一緒にお山に参っておきたいと考えているのではと思われます」

磐音もおこんも頷いた。

「先ほど来、儀左衛門様、今村梧陽先生とも相談しました。この際、お艶の好きなことをさせてやろうかと私は考えております」

「梧陽先生の診立てはやはり悪い病に取り憑かれたということでしょうか」

磐音が確かめた。

「改めて診察なされたとき、お艶とも忌憚なく話されたそうな。お艶が胃の腑に違和を感じ始めたのは二年も前からでしたよ。最初は、血の道の影響ではないかと考えていたものが、段々とひどくなったらしい。伊勢原に戻ろうと考えたのは、死を覚悟したゆえだというのです」

吉右衛門が嘆息した。

「商いにかまけてお艶の容態を察しなかった私の責めは大きい」

「旦那様」

とおこんが声を絞り出した。

「奥向きを任されながら、お内儀様のお体の変調に気付かなかった私の落ち度にございます。お許しください」

おこんは畳に頭を擦り付けると泣き出した。

「吉右衛門どの、おこんさん、あなたたちの罪科《つみとが》ではない。妹は体が弱かったこともあって、幼い頃から頑固なところがありましてな、親兄弟にすら弱みを見せまいとしてきたのです。それが今度の一件にもあらわれております」

しばしおこんの咽《むせ》び泣く声だけが流れ、

「申し訳ございません、取り乱したりして」

と顔を上げると、おこんは手拭いで涙を拭《ぬぐ》った。

「明日から初山です。お艶の望みですから、不動堂まで男衆《おとこし》でおぶっていこうかと思うのです。坂崎様、おこん、一緒に行ってくれますな」

と吉右衛門が要件をようやく告げた。

「参ります」

おこんが即答した。

吉右衛門の視線が磐音に向けられた。

「こちらの屋敷から不動堂まではどれほどでございますか」

「屋敷から表参道一の鳥居まで半里、一の鳥居から前不動まで二十二丁、前不動から不動堂まで十八丁、およそ二里の道程です」

儀左衛門が答え、

「一の鳥居までは駕籠で行けましょう。初山を目指す大勢の信徒と込み合う参道からが背中になりますかな」

と続けた。

「それがしがお内儀どのをおぶって大山に登ります」

「なんと申されました」

「今津屋どの、お願いにございます」

磐音が頭を下げ、吉右衛門が磐音の顔を見返した。

「坂崎様、そなた様は豊後関前藩の国家老のご嫡男にございますぞ。お武家様が商家の女房をおぶって大山詣でなど、聞いたこともない」

「今津屋どの、それがし、江戸は深川金兵衛長屋に住む浪人者にございます。そのような斟酌は無用に願います」

「よろしいのですか」

「それがし、決めました」

吉右衛門が儀左衛門と顔を見合わせ、年上の儀左衛門が、

「吉右衛門どの、われらも肚を決めましょうぞ」

と言い出した。

「坂崎様の交代役に、うちの力持ちの次郎吉《じろきち》を従わせましょう。坂崎様と交代でお艶を不動堂まで運び上げてもらいましょうか」

儀左衛門の言葉に吉右衛門が、

「坂崎様、お頼み申します」

と頭を下げた。

磐音が、

「おこんさん、お内儀どのにそれがしが不動堂までお運びしますからとお伝えください。ともあれ、今晩は少しでも早く休まれることです」

儀左衛門が膝をぽーんと叩いて、言い出した。

「残るは雨の心配だけですな」

「明朝、雨の予想にございますか」

「大山の古社を阿夫利《あふり》神社とか、雨降山《うこうさん》大山寺と呼ぶのをご存じですな。夏になると相模平野に入道雲がもくもくと湧きましてな、大山にぶつかって山に雨を降らします。この季節、雨を欲しいのは山ではなく、平地の百姓衆です。そこで百姓衆が大山に降る雨を〝私雨《わたくしあめ》〟と呼び、大山を〝雨降山《あふりやま》〟とも称したのです」

「それで大山は雨乞《あまご》いのお山なのですか」

おこんが訊いた。

「そうです。関東一円では雨の少ない夏には、まず大山寺不動尊配下の清滝寺で降雨を願い、さらには愛甲郡の田代の龍神に雨を願い、それでも駄目なときには、大山石尊大権現にお参りするのです」

「江戸からわざわざ古里にお戻りになって大山を目指されるお内儀どのの信仰心に、雨降山も明日ばかりはお天気をもたらされるでしょう」

と応じた磐音は、

「ちと調べたきことがございますゆえ、御免蒙ります」

と三人に挨拶して、母屋を下がった。

磐音が戻ったとき、四つ（午後十時）を大きく回っていた。

「どこに行っていたのよ」

おこんが心配そうな顔で磐音を迎えた。

「腹が減りました」

「当たり前よ。何刻だと思っているのよ」

「夕餉は残っておりますか」

「膳は部屋に運んでおいたわ」

おこんも磐音と宮松の宿坊についてきた。すでに宮松は高鼾《たかいびき》で眠りについていた。

行灯《あんどん》の灯りに顔が緩んでいるところを見ると、なにか楽しい夢でも見ているのだろう。

高足膳には、野菜の煮物や豆腐などが並んでいた。

「お酒を貰ってきましょうか」

「いや、お酒は結構です」

磐音は数刻後の山登りを考えて、断った。

「じゃあ、お汁だけでも温める」

「それも結構です」

おこんがお櫃《ひつ》からご飯をよそいながら、磐音の頭を見た。

濡れたように光っている。

「一体全体どこへ行ってたの」

「明日、お内儀どのをお運びする参道を確かめてきたのです」

「なんですって！　この夜中に大山まで往復してきたというの」

「はい、全く知らぬより道を知っていたほうが確かですからね」

磐音が平然と言い、おこんはあんぐりと口を開いて絶句した。

「頭が濡れているけど」

「良弁《ろうべん》滝というところで、明日の登山の無事を願って体を清めてきました。さすがに夜はだれもいませんでしたよ」

　呆れたと答えるおこんに磐音が、

「おこんさん、茶碗をください」

まだおこんの手にあった飯を催促した。

「まったく坂崎さんという人は……」

おこんが飯の盛られた茶碗を渡した。すると磐音が、

「お内儀どののお加減はいかがですか」

と訊いた。

「坂崎さんが背負って大山参りに行かれると旦那様から聞かされたお内儀様は、きっぱりと、お世話になりますと言われたわ」

おこんはそれを見たとき、お艶は死を覚悟しているのだと強く感じた。

お艶は、吉右衛門に無理を言って米沢町を出たとき、

(もはや江戸には、今津屋には戻ってこられない)

と覚悟していたのだ。

そのことが、旅の最中にも今度の一件にも素直に受け止める態度に表れていた。

「おこんさん、明日はどんなことがあっても不動堂までお内儀どのをおぶってい

きます」

と言った磐音は、膳に向かって手を合わせるとご飯を食べ始めた。

こうなれば、おこんがいようとだれが話しかけようと、磐音は一人食に没頭して返事もしない。

(坂崎さん、おこんも同行いたしますからね)

と胸の中で言いかけた。

二

相州大隅《おおすみ》郡大山は海抜およそ三千七百余尺(一二四六メートル)の高さを持ち、天平勝宝《てんぴょうしょうほう》七年(七五五)、良弁僧都によってこの地に雨降山大山寺が開基された。

阿夫利神社の別名を持つ石尊大権現と雨降山大山寺不動尊は、神仏混淆《こんこう》の山である。

寺は真言宗高野山に属し、その寺領百四十八石、本尊不動明王の安置された大山の頂の石尊本宮と摂社、中腹の不動堂からなり、別当八大坊を始め、大覚坊、喜楽坊、中之院、常円坊、橋本坊、宝寿院、実城坊、授得院、養和院、上之院、そして広徳院の十一坊、さらに脇坊など堂坊が建ち並び、それらを含めて一山と数えられた。

江戸期に入ると、江戸から十八里にある大山に人々は、豊作祈願、無病息災、授福除災、家内安全、商売繁盛など現世利益を求めた。

さらに大山の御師と僧侶たちも呪術《じゆじゆつ》的な加持祈禱《かじきとう》によって、段々とその権威を高めていった。

江戸を離れて旅をするには格好の地の利から、職人、鳶《とび》、魚屋、駕籠かきなどが同業の組合の結束、町内の親睦《しんぼく》結合に大山信仰を利用した。

さらに江ノ島や富士登山に廻り、その帰路に品川を始めとする遊里に立ち寄る遊興を兼ねた信仰の場として、年々盛んになっていった。

「親分と連れ立ってゆく初の山」

は、親分子分が連れ立って大山に登った風景を詠んだ川柳であり、

「借金が微塵《つもり》つもって山へ逃げ」

は、盆を前に借金取りに追われて大山詣でに難を逃れる八っつぁん熊さんの懐具合を詠んだものだ。

初山から盆山まで二十日間の大山詣での信仰、遊興、物見遊山《ものみゆさん》、息抜き、逃避と、諸々の意味合いを兼ねて広く定着し、

〈……此月に限りて登山を許す。故に遠近より詣人群をなし、道中宿々昼夜往来たえず。賑へる事甚《はなはだ》し〉

という繁盛が見られるようになったのである。

安永三年六月二十七日の初山に未明から雨降山に続々と講中の人々が、

「さんげさんげ　ろっこんざいしょう　おしめはつだい　金剛童子　大山大聖不動明王　石尊大権現　大天狗　小天狗……」

と意味も分からず叫びながら登山する賑わいが出現した。

さんげさんげは慚愧懺悔、ろっこんざいしょうは六根罪障、おしめはつだいは、大峯八大のことである。

白木綿の浄衣を着て、腰に鈴を付けていた。

その鈴があちらでもこちらでも鳴り、さんげさんげの文句と相まってなんとも賑やかだ。

講中の先頭には御師が立ち、旗をかざして一統の目印とした。

この八つ（午前二時）前、白木綿の浄衣を身に纏ったお艶は、兄の赤木儀左衛

門が用意した駕籠に乗り、屋敷を出た。付き従うものは、夫の今津屋吉右衛門、坂崎磐音、おこん、そして、納めの木太刀を担いだ宮松と大力の奉公人次郎吉の総勢五人だ。むろん、吉右衛門以下の面々も白衣《びゃくえ》を着て、草鞋に足元を固めていた。

儀左衛門も同行を望んだが、子安村の庄屋には初山を滞りなく見守る務めがあった。

そこで儀左衛門は前もって奉公人を走らせ、不動堂の僧侶たちから参道の休み処まで今津屋吉右衛門とお艶の大山参りを知らせて、便宜を図ってもらうように手配を済ませていた。

ともあれ、関八州に無数ある大山道を辿ってきた講中が、先達を先頭にして初山を目指すのである。どの道も人々でごった返していた。

「どこの間抜けだ。三間もあろうという木太刀を神輿みてえに担ぎ回すのはよう」

「間抜けとぬかしたな。こちとらは江戸日本橋の魚河岸のお兄いさんだ。どこぞの田吾作に間抜けと呼ばれて黙っている手合いじゃねえんだ。なんなら、神田義広が造った木太刀でおめえの素っ首を叩き落とそうか」

「納め太刀で切れるかどうか、やれるものならやってみろ」

若い衆同士が喧嘩沙汰《けんかざた》になろうというのを双方の年寄りや先達が、

「まあまあまあ」

「お山で血を流すなんぞは罰当《ばちあ》たりのすることだ」

と間に入って宥《なだ》めて回る騒ぎがあちこちで起きていた。

そんな道中にお艶の駕籠が混じったのだ。

「おいおい、なんで駕籠なんぞを繰り出すんだよ。初山だぜ、ちったあ、考えろ」

と怒鳴る職人衆に吉右衛門が、

「病人のたっての願いの初山にございます。お許しください」

と頭を下げて許しを請うた。

「病人じゃあ、しょうがねえや。道を空けてやれ、空けてやれ」

「なんだ、おめえさんのおかみさんかえ。大山大権現はよ、どんな病気でもたちどころに治してくれらあ。なあに、往きは駕籠でもよ、帰りは両の足で歩いてお山を降りられるぜ」

「有難うございます」

江戸両替商を束ねる両替屋行司で豪商の吉右衛門が、裏長屋の住人や百姓衆の無責任な言葉に幾度となく頭を下げて回った。

赤木家から半里、いよいよ雨降山大山寺への一の鳥居に達した。

そこには赤木家と親しい宿坊があって、そこの中庭で休憩して態勢を整え直すことになった。

「お艶様、お加減はいかがで」

と宿坊の主が挨拶に来て、茶を振る舞ってくれた。

「棟三郎《とうざぶろう》さん、世話をかけます」

とお艶が顔見知りの宿坊の主に言葉を返し、

「気分は悪くないわ。これなら歩いて登れそう」

と笑みを浮かべてみせた。だが、駕籠を出たお艶もさすがに陸続と押し寄せる白衣の人の群れに圧倒されて、絶句した。

「お艶、これからがほんとうの大山登りだ。大丈夫ですね」

吉右衛門が念を押した。

「おまえ様、世話をかけますが、お参りしとうございます」

お艶の覚悟に吉右衛門が頷き、磐音が、

「お内儀どの、ご心配いりませぬぞ。それがしが不動堂まで必ずお供をいたしますからな」

と笑いかけた。

お艶は頷くと茶を喫した。

磬音は草鞋の紐《ひも》を締め直し、白鉢巻《はちまき》を頭に締めて白衣を調えた。

「よし、参りますか」

磬音はお艶の前に膝をついて背中を向けた。

「坂崎様、世話をかけます」

「お気遣いは無用に願います」

お艶ががっしりと鍛え上げられた磬音の背中におぶさり、おこんが白布でおぶい紐をかけて、お艶と磬音を固定させた。

「どこぞ痛くはございませぬか」

「大丈夫にございます」

お艶の体は磬音が想像したよりも軽かった。それだけ胃の腑に宿った病が進行して、痩せさせていた。

磬音のかたわらを、吉右衛門と磬音の交替役の次郎吉が固めた。

納め太刀を肩に担いだ宮松が先導し、磐音らが続き、最後におこんが従った。一の鳥居から前不動まで二十二丁である。が、この初山の期間ばかりは、参道口の手前から人の波が途切れることなく続き、真っ直ぐに進める状態ではなかった。そんなこんなで足場の悪い登り道は二里にも三里にも感じられた。

磐音は用心に杖をついて、一歩一歩参道の石段を踏み締めるように登り始めた。するとその背中でお艶が小さな声で、

「慚愧懺悔　六根罪障　大峯八大　金剛童子　大山大聖　不動明王　石尊大権現　大天狗　小天狗……」

と子供の頃から習い覚えていた文句を唱え始めた。すると吉右衛門が和し、おこんが唱和した。

流れに沿った参道には良弁滝を始めとした大滝、愛宕《あたご》滝、元滝などが点在していた。

江戸っ子は両国橋の袂で七日か十七日の水垢離を取って大山に向かう。だが、その暇がなかった者たちや特別なご利益を求める信徒たちは、良弁滝などで水垢離を済ませて不動堂に登った。

吉右衛門は滝に出会《でくわ》す度に磐音に止まってもらい、自ら滝に水垢離した後、清

水を受け、それでお艶の額や手足を清めた。

混雑する参道で五人の格闘は続いた。

次郎吉が磐音に何度も、

「代わりましょうか」

と声をかけたが断った。

磐音はどうしてもお艶を自らの力で不動堂まで運び上げたいと思っていた。

夜が明け始め、参道はもはや肩と肩をくっつけ合って一寸刻みに前進する揉み合いが続いた。

とうとう前不動に到着した。この前不動から女坂と男坂に分かれて、幾分混雑がゆるやかになった。それだけに先を急ぐ人で危険の度合は増した。

磐音はひたすら一足一歩に祈りを込めて、十八丁先の不動堂を目指した。

不動堂を前に急な登り坂が立ち塞がる。

磐音はここで一息入れて、最後の登りにかかった。

背中のお艶は磐音の肩から両腕を巻きつけていたが、その力が抜けてくるのが分かった。それでもお艶は、

「慚愧懺悔……」

と弱々しくも文句を唱え続けた。

磐音の両脇を吉右衛門と次郎吉が支えて人込みから守り、押し上げてくれた。

宮松も、

「病人にございます、迷惑をおかけします」

と声を嗄《か》らして注意を呼びかけ、最後の坂に挑んだ。

ぎらりとした夏の太陽が相模の海から昇った。

磐音の一行は、赤木家を出て二刻（四時間）後についに不動堂の境内に辿りついた。

「お艶、着きましたぞ！」

とお艶に吉右衛門が声をかけた。

磐音は今まで登ってきた坂道へと体を振り向けた。

朝焼けの相模の海や江ノ島が見えるようにと思ってのことだ。

磐音の右の肩に顔をつけていたお艶が顔を上げて、荘厳な光景に弱々しい嘆声を上げた。そして両手を合わせて、夏の光を拝んだ。

次郎吉が不動堂の社務所に走り、お艶の休息処を調べに行った。

子安村の庄屋赤木儀左衛門が前もって知らせていたのだ。

「坂崎様、ありがとうございました」

お艶が、不動堂にお参りするので背中から降りたいと言った。

おぶい紐を解《ほど》き、お艶を下ろすと、おこんが白衣を直して、一行は不動堂を遠くに見ながら両手を合わせて、

「病平癒」

を願った。

「おまえ様、無理を申しましたが、これで積年の願いが叶いました」

とお艶が頭を下げたところに次郎吉が戻ってきた。

「吉右衛門様、お艶様、こちらでお休みくだされ」

次郎吉が連れていったのは社務所の裏手の宿坊の一室だ。そこにはお艶が横になれるように布団まで敷いてあった。

日頃から関わりの深い子安村の庄屋赤木家だからこそ、大山寺でも粗略な扱いはできなかったのだ。

若い修行僧が茶を運んできた。

「しばらくいたしましたら朝餉の膳を運んできます。その間にご休息を」

と言いおいて慌ただしく出ていった。

「坂崎様、おかげさまでお山にお参りできました」

と吉右衛門が磐音に礼を述べた。

「今津屋どの、ここにてしばらくお休みなされますな」

「はい。お艶のこともありますでな」

「ならば、その間に今津屋どのとお内儀どのの代参で石尊大権現まで登り、納め太刀をして参ろうと思います」

「なにっ、上宮まで登られるか」

「今津屋どのはお疲れにございましょう、お休みくだされ。それにここからは女人禁制ゆえ、それがし一人で参ります」

と言うと宮松が、

「私も参ります」

と同行を志願した。

「ならば二人にお願い申しましょう」

吉右衛門から護摩《ごま》料を預かり、木太刀だけを担いだ身軽な格好で二人は、さらに山頂の石尊大権現、阿夫利神社を目指すことになった。

不動堂から先の二十八丁は、足腰の強い男衆だけの山参りだ。初山参りの人込みもだいぶ減った。

「宮松どの、参るぞ」

「はい、坂崎様について参ります」

納めの木太刀を背負った宮松は、江戸を出たときとは顔付きが違っていた。主家の内儀の危難を見て、思うところがあったようだ。

二人はさらに峻険《しゅんけん》さを増した山道をひたすら登っていった。

頂の石尊大権現の社殿前に到着したとき、四つ（午前十時）過ぎの刻限だった。預かってきた護摩料と木太刀を納めた二人は、今津屋吉右衛門とお艶の代参で病平癒の祈禱を受けた。

その様子を大天狗小天狗の社の一角から見詰める目があった。

河原口の渡し場で磐音から無法を懲らしめられた中津川の愛吉だ。そのかたわらには、大山参りの間、伊勢原で賭場《とば》を開帳する子安の頼造《らいぞう》がいた。

愛吉と頼造は兄弟分の盃を交わした仲だ。

「兄弟、今、祈禱を受けている若僧がいやがるだろう。このあいだ、やつにこっぴどい目に遭わされたんだ。ここで会ったが百年目、野郎を叩きのめしたいんだが手を貸してくんな」

「中津川の。侍のようだな」

「腕はなかなかのもんだぜ」

「うちには剣術遣いがごろごろしてらあな。造作もねえことだ」

と請け合った頼造が子分を呼ぶと、

「何者か調べてこい」

と命じた。

磐音と宮松はそんなこととは知らぬげに、代わりの太刀をいただいて、石尊大権現から不動堂に下り始めた。

その後を子安の頼造一家の若い衆が二人尾行していった。

阿夫利神社では、磐音の身許を調べるよう命じられた子分が、

「親分、あいつは江戸の両替商今津屋吉右衛門とお艶夫婦の代参で祈禱を受けているぜ」

「なんだと、江戸の両替屋だと」

頼造の目がぎらりと光り、

「待てよ、子安村の庄屋の娘が江戸の両替屋に嫁に行ったはずだぜ。兄弟、これはでっけえ金蔓《かねづる》だぜ」

とにたりと中津川の愛吉に笑いかけた。

「子安の。これも阿夫利様のご利益かねえ」

「そういうことだぜ。じっくりと仕掛けることだ」

「となれば、まずあの侍を消さねばなるめえな」

「うちの先生方に一声かければ、それで済むことよ」

「子安の。やつの腕を甘く見ちゃならねえ。しっかりと策を練って仕掛けることだぜ」

「ならおれが直々に差配するぜ」

と子安の頼造が胸を張った。

朝からうだる暑さが江戸を襲っていた。

品川柳次郎と竹村武左衛門《ぶざえもん》は、正面から照りつける太陽を浴びながら両国橋を渡っていた。

今津屋での不寝番の仕事を終え、朝餉を馳走になって本所に戻る道すがらだ。

「そよとも風がないぞ。今日も一日炎熱地獄だな」

「竹村の旦那、坂崎さんの心労に比べれば楽なものだ」

「さようさよう。物見遊山の供かと聞いたときは羨ましかったが、お内儀が道中で病とはな、苦労しておろう」

と呟いた武左衛門が、

「それにしても由蔵どのの表情が暗くないか」

「それだ、えらく顔付きが暗い」

「死に病ということはあるまいな」

「竹村の旦那、おれはなぜ由蔵どのがわれらを雇ったか、気になっている」

「なんぞわれらの知らぬ事情《わけ》があってのことだろう」

「これまでそのような依頼があったかな」

「ないな」

「おれはお内儀の病となんぞ関わりがあるような気がしてしようがないのだが」

「どういうことだ」

「そんな気がするだけだ」

二人は一歩一歩進む間もじりじりと気温を上げる橋を渡り切り、両国東広小路に出た。すると乾いた熱風が吹き付けてきた。

今津屋吉右衛門とお艶の一行は、相州大山寺不動堂から帰路を辿り始めた。

七つ半（午後五時）の刻限を過ぎても大山全体に炎暑が照り付けていた。だが、わずかながら相模の海から風が吹いてもきた。

これ以上涼しくなるのを待てば暗くなる。

暑さと暗がりの足元を勘案した末、七つ半の出立となった。

お艶は磐音たちが石尊大権現に参っている間に、病平癒の加持祈禱を受けていた。その後、食事を摂り、横になったせいで元気を回復していた。

だが、帰路についてみると、想像以上に大山登山がお艶の体力を消耗させていることに気付かされた。

磐音の背でぐったりして、吉右衛門やおこんの元気付けにも答えられなかった。

磐音は、お艶の体に障らぬように、静かに下ることだけを考えて、一歩一歩参道を踏みしめた。

そして、その一行を、子安の頼造と中津川の愛吉、その手先たちが尾行していった。

三

白衣の腰に包平《かねひら》を差し込んだ坂崎磐音が未明の参道を飛ぶように走り抜ける。

御浄場の滝に到着すると包平を滝口に置いて水に打たれて、身を清め、また参道に戻り、走る。そして、次なる滝で水垢離を取った。

一の鳥居から不動堂までの一里半足らずの急坂を一気に駆け上った磐音は、不動堂でお参りすると、さらに頂上の石尊大権現までの二十八丁の山道に挑んだ。

磐音の足はようやく阿夫利神社で止まり、病平癒の加持祈禱を受けた。

初山を過ぎて大山詣での人波が少しばかり減っていた。また夜半に出立する刻限では大山参りの人波は少なかった。

祈禱を受けた後、磐音はまだ暗い絶佳の相模の海を見下ろしながら、包平を、百二百と抜き打った。

二尺七寸の豪剣で大山の冷気を斬り裂きながら、

（お内儀どのの病、退散！）

と胸の中で唱え続けた。すると眼下に亀のような姿の江ノ島が美しく浮かび上がってきた。

包平を納めた磐音は、海から上がる朝日に合掌しながら、

（お内儀どのの病快癒）

を新たに祈った。

初山に大山参りを済ませて子安村の赤木家に帰りついたお艶は、疲労困憊《こんぱい》し、高熱を出していた。

待機していた今村梧陽が診察を行い、秘伝という薬を煎《せん》じて飲ませた。すると熱に浮かされながらもお艶は吉右衛門に、

「おまえ様、無理を言いました。これで思い残すことはありません」

「なにを言うのです、お艶。元気にさえなれば、また来年の初山にも登れよう。そのときはおまえの足で歩いて登るのです。私も一緒に登りますよ」

「おまえ様」

と微笑《ほほえ》んだお艶が磐音を目で探し、

「坂崎様、私は生涯、坂崎様の背の温もりを忘れません」

と瞑目《めいもく》して合掌した。

「お内儀どの、それがし、神仏になった覚えはございませぬぞ」

当惑を隠して朗らかに笑い飛ばした。

お艶は疲労と熱で、初山の夜から数日、半ば意識を失った日が続いた。

磐音は初山の翌日から病平癒の代参を始めたのだ。

「大山道に天狗が出るそうではないか」

「いや、修験者が夜参りしている姿だぜ」

「いや、白衣を着た大天狗に間違いねえ」

などという風聞が、大山詣での宿坊のある子安村界隈に、面白おかしく尾鰭《おひれ》をつけて広まっていった。

そんな噂を聞いた外他流の釜崎弥之助は、その夜、良弁滝を見下ろす藪陰《やぶかげ》に潜んで待った。

すると夜半過ぎに白衣が翻って、決死の形相の男が現れ、水垢離を始めた。

(やはり坂崎磐音どのか)

釜崎弥之助はどことなく安堵の思いで磐音の行にも似た水垢離を見つめ、また脱兎《だっと》の如《ごと》く坂道を走り上がる姿を好奇の目で追った。

今津屋吉右衛門一行の伊勢原滞在は七日を数えていた。

お艶の容態は一進一退を繰り返していた。そして、どうにか小康を保つようになっていた。

この日、代参から戻った磐音を吉右衛門が、

「毎夜毎夜ご苦労に存じます」

と出迎え、

「朝餉の後に、坂崎様とおこんにちと相談が……」

と言い出した。

早々に食事を終えた磐音はおこんとともに吉右衛門の前に出た。

「坂崎様、おこん、思わぬことで伊勢原滞在が長くなってしまいました。お艶の容態も気がかりなれば、江戸も心配です」

と忌憚のない話を持ちかけた。

「梧陽先生、儀左衛門様ともじっくり話し、お艶とも二人だけで話しました。その結果、坂崎様には、おこんと宮松の二人を伴い、江戸に戻ってもらおうかと思うのです」

「今津屋どのとお内儀どのをお残しして、われらだけで江戸に戻れと」

磐音は念を押した。頷いた吉右衛門が、

「振り返ってみれば、商いの忙しさに取り紛れてお艶と二人だけで過ごす時間《とき》が

なかった。お艶の病は、石尊大権現様がお授けになった機会かもしれません。私はな、しばらくお艶と過ごしてみたいのです」

磐音とおこんの脳裏にお艶の死という悲痛な考えが浮かんだ。

吉右衛門はそのことを想起するゆえに、江戸の金融界を動かす商いの立場を離れても、お艶のかたわらにいると言っているのではないか。

「旦那様、私も残らせてください」

とおこんが嘆願した。

「おこん、そなたが残ってくれれば、お艶もどれほど心強いかしれません。だがな、おこん、主のいないお店で奥と台所を取り仕切るのはそなたです。今津屋には欠かせぬ人材です。幸い儀左衛門様方には、お艶を赤ん坊のときから知っている女衆がたくさん奉公しています。お艶の身の回りはなんとか女衆で間に合う。そこを、おこん、考えてくだされ」

おこんがなんとも複雑な反応をした後、泣き崩れようとして踏み止まった。

「承知しましてございます」

「今津屋どの、お内儀どののこともありますが、主が長く留守をするのは諸々に差し障りがございましょう」

磐音が危惧したことを問うた。

「その通りでございます。そこで坂崎様、相談にございます」

「それがしにできることがあればお申し付けくだされ」

「その言葉を聞いて、吉右衛門、一安心しました」

磐音は、自らを安堵させるように頷く吉右衛門を見た。

「商いのことは老分の由蔵に任せておけば、今津屋、小揺るぎ一つしますまい。先代からそれだけ厳しい奉公をしてきた由蔵です」

磐音が今度は頷いた。

「だがな、坂崎様、主のいないお店はどこか気が緩みます。由蔵の気がつかないところで遅滞や弛緩《しかん》が起こるものです。奥向きのおこんを江戸に戻すのもそのことがあるからです」

おこんが肝《きも》に銘じるように首肯した。

「坂崎様は、両替屋の商いは素人です。ですが、坂崎様は豊後関前藩を改革しようとなされた度量と知略をお持ちだ。なにより清廉潔白なお人柄はこの今津屋吉右衛門でなくとも皆が承知しています。そこでな、江戸に戻られたら、今津屋に日参してくれませんか。なあに、なにをするわけではない、由蔵の話し相手になりながら、大所高所から店の内外を見回しておられればよいのです」

「そのようなことで、なんぞ役に立ちましょうか」

「立ちますとも。おこん、そう思いませんか」

おこんが大きく頷いた。

「由蔵にはその旨文に認《したた》めます」

「お店の邪魔にならなければよろしいのですが」

「そのような心配は無用です。今津屋吉右衛門、人を見る目は持ち合わせておりますよ」

江戸の両替商六百軒を束ねる商人が言い切り、

「坂崎様とおこんゆえ、申しておきます。お艶の命、そう長いことではない。私はできるだけお艶のそばで過ごそうと決心しました」

「旦那様」

おこんが堪《たま》らず咽び泣きを始めた。

「おこん、人は、だれしも死ぬ。それはこの世に生を受けたときからの理《ことわり》です。なんの哀《かな》しいことがありましょうか。そう考えながら、お艶のかたわらでゆったりした時を過ごしてみようと考えました」

「今津屋どのの心底、それがし、しかと承りました。明日にも伊勢原を三人で発《た》ち、江戸に向かいます」

「おおっ、承知してくださるか」

吉右衛門が微笑んだ。

その昼過ぎから雨降山大山寺がその正体を現した。

夏の雨が降り始めたのだ。

磐音たちは旅の仕度をしながらも、天気の回復を祈願した。だが、夜半になっても雨は勢いを増し、上がる気配はなかった。

磐音は白衣に包平を差し込むと、前日から用意していた菅笠と蓑《みの》で身を固めた。

裏の戸口から出ようとすると手燭《てしょく》を持ったおこんが姿を見せ、

「こんな雨の中に大山詣でをする気なの」

と呆れた。

「出立はできますまい。ならば、こちらにいる間だけでもお内儀どのの代参をやっておきたいのです」

「坂崎さんという人は……」

とおこんが絶句すると、

「女ばかりか、男の吉右衛門様が惚れるのも無理ないわ」

「女に惚れられたことなどござらぬ」

「坂崎さんが気付かないだけよ」

「さようか」

磐音はその言葉を残すと豪快な水飛沫《みずしぶき》を立てて、降る雨の中に飛び出した。

走る、走る。

天空から叩きつけるような雨の中、磐音は飛ぶように走った。

参道の常夜燈の灯りさえその足元だけを照らしていた。灯りの四周は暗闇《くらやみ》だが、十日近く往復を繰り返した参道の坂も曲がり角も承知していた。

だが、滝はどこも奔流《ほんりゅう》が逆巻き、水垢離を取るどころではない。

磐音は、豪雨に打たれること自体が水垢離だと不動堂まで駆け上がり、祈禱を願った。すると顔馴染みになった僧侶が呆れ顔で、

「なにっ、かような雨の中、代参に参られたか」

と驚いた。

「江戸に戻ることになりましたので、最後のお山かと思います」

「ならば、心してお艶様の病平癒を御仏に縋《すが》ろうかのう」

といつにも増して護摩を焚《た》いて祈禱してくれた。

さらに磐音は石尊大権現の頂を目指した。

降った雨が濁流になって山道を流れ下っていた。

さすがの磐音も走るわけにはいかない。

一歩一歩踏み締めるように登っていった。

阿夫利神社でいつものように祈禱を受けた磐音は、江ノ島を見下ろす台地に立った。

が、いつもは絶佳を見せてくれる海も島も雨煙に掻き消えていた。

それでも磐音は、雨降山に挑むように、包平を抜き打つ行にかかろうと思った。

そのとき、雨の幕からいくつもの影が浮かび上がって現れた。

一文字笠《いちもんじがさ》を被った浪人が四人、菅笠を被ったやくざ者が十数人も姿を見せると磐音を取り囲んだ。

子分たちの何人かは竹槍《たけやり》を携え、油紙で包んだ提灯《ちょうちん》を下げていた。

そのおぼろな灯りの中、貫禄《かんろく》を見せて二人の親分が出てきた。

その一人に磐音は見覚えがあった。

「中津川の愛吉親分でしたな」

「覚えていやがったか」

「なんぞ御用かな」

「今津屋の用心棒だそうだな。赤木儀左衛門の屋敷に滞在していることからお艶の死に病まで、兄弟分の子安の頼造どんが調べてくれたぜ」

「そんなことを調べてどうなさる気かな」

「知れたことよ。赤木家、今津屋といえば分限者だ。おめえがいなけりゃ、あとはどうとでもなろうぜ」

「呆れ果てた」

と磐音が嘆いた。

「雨降山は無病息災から天変地異の平穏まで祈願するお山。その大山で血の雨を降らそうというのかな」

「たわごとを言いやがるのも今のうちだけだぜ」

愛吉に代わって子安の頼造が、

「先生方、この雨だ。見ているものはだれもいないぜ。一思いに斬り刻んでくんな」

と命じた。すると三人の浪人が一文字笠と蓑を脱ぎ捨て、刀の柄に手をかけた。

残る一人は、三人の行動を見据えて、蓑だけをとった。

「お内儀どのが病気だというのに許せぬ」

磐音は蓑を脱いだ。だが、菅笠は被ったままだ。

「遺恨はござらぬ。だが、そなた方がそれがしを無法にも斬り捨てようとなさるのなら、お相手いたしますぞ」

一文字笠を被ったままの小太りの浪人が、

「流儀を問う」

「直心影流佐々木玲圓道場の末席を汚しておりました」

「なにっ、神保小路の佐々木道場の弟子とな、おもしろい」

と吐き棄てると剣を抜き、刀身を斜めに傾けて構えた。

その剣風はどっしりとしていた。それに数々の修羅場を潜ってきた非情と凄みを、腰反《こしぞ》りの刀身二尺三寸と男の風貌《ふうぼう》が漂わせていた。

仲間の三人も抜き連れた。

血に飢えた双眸《め》がぎらぎらと光っていた。

死闘になると、咄嗟に磐音は覚悟した。

それほどの相手だ。

磐音はゆっくりと備前包平二尺七寸の業物《わざもの》を抜いた。

この日の磐音は、居眠り剣法も待ちの剣も捨てていた。

このままにしておけば、赤木家と今津屋に迷惑がかかる。なによりお艶の病まで口にして稼ぎの種にしようという根性が許せなかった。

磐音は包平を八双に立てた。

「天流《てん》皆伝針田《はりた》神三郎《しんざぶろう》がそなたの首貰い受けた」

小太りが独白するように宣告した。

天流は、斎藤伝鬼《さいとうでんき》房勝秀《ぼうかつひで》が創始した剣だ。

剛直な剣術という知識が磐音の脳裏を過《よ》ぎった。

が、それは一瞬のことだ。

「参る！」

多勢に無勢、磐音が先に仕掛ける気配を見せたとき、針田の横手にいた長身の浪人が正眼の剣を突きに変えて、突進してきた。

磐音は目の端でその動きを牽制しつつ、反対側に立つ二人の間に飛んだ。

二人は迎撃の態勢になかった。

慌てて、剣を振りかぶった。

磐音の八双の剣が右に左に翻されたとき、二人の浪人は、右と左の肩口を斬り割られて、

ぎええっ

という悲鳴とともに水飛沫を上げて倒れ込んだ。

「おのれ！」

突きを外された長身の男が上段に構え直して、体勢を変えようとした磐音に襲いかかってきた。

包平が上段打ちを弾くと懐に飛び込んだ。

相手はこの奇襲に飛び下がって間合いを開けようとした。だが、雨で足場が緩んでいた。

体勢が崩れるところ、

すすっ

と間合いを詰めた磐音の包平が腰を斬り割っていた。

どさり

と、三人目が倒れた。

一瞬の間のことだ。

中津川の愛吉も子安の頼造も言葉を失っていた。

磐音が針田神三郎に向き直った。

「許せぬ」

針田は斜め正眼の剣を上下にゆるやかに振った。

それが針田の間合いの取り方だろう。

上下の運動が止まった。

その瞬間、突進しつつの電撃の袈裟懸《けさが》けが磐音を襲った。

磐音は、豪雨をものともせず雪崩《なだ》れくる針田の袈裟懸けを包平と擦り合わせ、勢いを殺した。

針田は俊敏裡《り》に剣を引くと磐音の両の肩に剣を落としてきた。

間断のない攻撃は豪雨をも截《た》つ勢いがあった。

磐音は後退しつつ弾いた。

が、雨と足場のせいで、いつもの真綿で包《くる》むような合わせが見られなかった。

針田は勢いに乗った。

袈裟に振るわれた剣が一転して、磐音の脇腹にきた。

磐音は飛び下がって避けた。

が、足場に両足を踏ん張りきれなかった。
よろける磐音の懐に針田神三郎の怒濤《どとう》の剣が襲い来た。
磐音は、よろける足で踏みとどまり、受けた。
包平と相手の剣が絡んだ。
鍔迫《つばぜ》り合いになった。
磐音は鍔迫り合いのまま、蟹《かに》の横走りで山の斜面を駆け下り始めた。
針田もすうっと従ってきた。
力は互角だった。
鍔迫り合いが離れるとき、勝負が決するのは分かっていた。
二人の移動に合わせて、子安の頼造、中津川の愛吉、子分たちが走り従ってきた。
駆け下る早さが増した。
だが、その先は切り立った崖《がけ》が待ち受けていた。
「針田先生、崖ですぜ！」
子安の頼造が叫び、ちらりと針田が目の端から行く手を見た。
その瞬間、磐音は横走りを続けながら飛び下がった。

間合いが開いた。が、それは一瞬で直後に両雄は踏み込んだ。

針田と磐音は互いの首筋に必殺の一撃を送り込んだ。

針田の剣が磐音の菅笠の縁を切り破り、包平も一文字笠を二つにしながら、首筋を刎《は》ね斬っていた。

ぱあっ
と血飛沫が上がり、針田の体が揺らめいて腰砕けに斜面に倒れた。

二尺七寸の長剣と定寸の差が生死を分かった。

磐音が足を止めた。

そして、ゆっくりと二人の親分を見た。

「そなたらが馬鹿げたことを考えるで、あたら一人の剣客の命が失われた」

磐音は包平を峰に返した。

「あわ、あわわっ」

中津川の愛吉が磐音を恐怖のまなざしで見詰めながら後退りして逃げようとした。

子安の頼造は後ろを向いて山上に走り戻ろうとした。

「逃がさぬ！」

磐音は走り寄ると峰に返した包平で二人の利き腕を叩いた。

骨が砕ける音がして、悲鳴が上がり、腕がだらりと垂れ下がった。

尻餅をついた二人に包平の大帽子《きっさき》を突きつけると、

「これを機にまっとうな道に戻るのだ。よからぬ考えを繰り返すならば、包平が何処へなりとも馳《は》せ参じる。分かったか」

恐怖と痛撃に顔を歪《ゆが》めた二人の親分ががくがくと顔を振った。

立ち竦む子分を見回した磐音が、

「怪我人を麓《ふもと》に下ろして医者に診《み》せよ」

と命ずると山道を不動堂へと下っていった。

豪雨の中、朝がゆっくりと明けてきた。

山道の一角から勝負の行方を見詰めていた釜崎弥之助は、畏敬《いけい》の念で磐音の背を見送った。

四

雨降山大山寺界隈に降った豪雨は、一昼夜降り続いて夕暮れにはぴたりとやんだ。

そこでその翌未明七つ、磐音はおこんと宮松と連れ立って伊勢原宿子安村の赤木家を出立し、東海道に出ることにした。

矢倉沢往還は陸続と大山詣での信徒たちが押しかけて、街道も旅籠《はたご》も込み合っていたからだ。

前夜、三人揃って挨拶するとお艶は、

「坂崎様、おこん、宮松、楽しい旅でしたよ。有難う」

とそれぞれの名を上げて礼を言った。

「お内儀様、お元気になった時分におこんがお迎えにあがります」

おこんの言葉にお艶はただ静かな笑みで応えただけだった。

吉右衛門は、磐音に老分の由蔵宛の文を託すと、

「三人の足なれば、江ノ島詣でしたところでなんということもなかろう。坂崎様、おこんと宮松に江ノ島を見せてやってくだされ。今度はいろいろと苦労をかけましたでな」

と気遣いを見せた。

伊勢原から下谷、横内、田村、馬入川《ばにゅう》（相模川）を渡り、一宮、高田、四谷と

およそ四里の大山道を辿って東海道に出たところで夜が明けた。

「旦那様は江ノ島詣でをしてよいと言われたけど、どうする」

おこんはお艶のことを気にして、磐音にそのことを持ちかけた。

「おこんさんは江ノ島を訪ねたことがあるかな」

「あるものですか。深川生まれの女はそうそう旅はしないものよ」

「ならば、江ノ島を見物して金亀山《きんき》與願寺《ざんよがんじ》にお参りし、お内儀どののことを祈願して参ろう」

「よいかしら」

「われらの足なれば江ノ島を見物したところで、一夜泊まりにて江戸に戻れよう。この際だ、今津屋どののご親切を受けようではありませんか」

「おこんさん、坂崎様の言われるとおりですよ」

と宮松が賛成して、おこんも、

「じゃあ、そうしようかな」

と従うことになった。

宮松が歓声を上げた。

三人は足を早めて藤沢宿から海を目指した。

「おこんさん、海ですよ。もうそこが波打ち際ですよ」

宮松が再び歓声を上げたのは片瀬海岸だ。

「坂崎さん、来てよかったわ。深川沖の海とは違うもの。広々としてどこまでも続いている感じよ」

おこんが潮風を胸に吸いながら、深呼吸した。

「坂崎様、あれが江ノ島ですか」

宮松が海に浮かぶ江ノ島を指した。

「宮松どの、江ノ島の姿は水に浮かぶ亀のようだというので、昔から緑の亀とも絵島とも言われるそうな。現世のご利益があるように弁財天を祀《まつ》ってあって、金亀山與願寺と称されるそうだ」

三人が江ノ島の前の海岸に到着したとき、潮が引いていて徒渉《かちわた》りができた。

宮松が潮の引いた岩場に逃げ残った蛸《たこ》を見ては歓声を上げた。

島に渡ると相模湾で獲れた魚を日干しする光景が広がっていた。

生ぐさい臭《にお》いがして、江ノ島が漁村であることを教えてくれる。

「すごい数ですよ」

宮松は鼻を摘《つま》みながら叫んでいた。

まずは茶屋や土産物屋《みやげ》の間を抜けて與願寺にお参りすると、お艶の病平癒のご祈禱をしてもらった。

「おこんさん、宮松どの、江ノ島で昼餉を食して参ろうか」

「そうこなくっちゃあ。もう腹がぺこぺこですよ」

宮松が急に張り切り、

「ほれほれ、若夫婦のお供の小僧さんよ、うちで魚と飯を食っていってくれろ」

と漁師のおかみさんに袖を引かれて、一軒のめし屋に立ち寄った。

窓が開け放たれためし屋の板の間から七里ヵ浜が、そして、鎌倉の家並みが遠望できた。

「おこんさん、おかみさんが坂崎様とおこんさんのお二人を若夫婦と言いましたよ」

「あれは商売上の世辞よ」

と言いながらも頰を染めたおこんが平静を装い、料理を注文した磐音に、

「大山の精進落としにお酒を注文しましょうか」

と訊いてくれた。

「いや、江戸に戻りつくまでは控えましょう」

磐音が断ったのは、朝方からだれかに監視されているような気がしたからだ。

一番考えられるのは、子安の頼造と中津川の愛吉一家の子分たちだ。

だが、それは殺気を伴った監視ではなかった。

ともかく用心に越したことはない。だが、おこんと宮松に無用な心配をかけることもないので黙っていた。

三人は獲れたばかりの鰹《かつお》の造りにさざえのつぼ焼きなどで昼餉を堪能した。

「お父っつぁんとお店に、江ノ島土産の貝殻細工を買っていくわ」

おこんと宮松は土産物屋でいくつか貝殻細工を購い、背負った。

「よし、藤沢宿に戻ろうか」

藤沢宿を三人が出たのは九つ半過ぎだ。

次なる戸塚宿までは二里、三人の足なら悠々と行けた。

東海道を大山に向かう人波がやってくる。

御師や先達に先導された職人衆や魚河岸の一行だが、矢倉沢往還ほどの混雑ではない。

「坂崎様、今晩は戸塚泊まりですか」

宮松が訊いた。

赤木家に滞在していたとき、だれの頭にもお艶の病が重くのしかかっていたから、気が休まることはなかった。

帰路についた宮松の声も明るさを取り戻していた。

「疲れたかな」

「私ですか、草臥《くたび》れたりはしませんよ」

「おこんさんはどうかな」

磐音がおこんを振り返った。

「私も大丈夫よ」

「ならば、程ヶ谷宿まで行けるとよいのだが。疲れたら、おこんさん、遠慮なく言ってくだされ。今津屋どのから十分に金子は預かってきたゆえ、駕籠でも馬でも頼めるからな」

「歩けるところまで歩くわ」

磐音は監視の目を意識しつつ江戸を目指した。

戸塚宿で七つ（午後四時）前の刻限になっていた。そろそろ旅人は宿を決める刻限だ。

だが、夏の日はまだ高く中天にあった。

昨日、降った豪雨に洗われた街道の並木も美しく、空も抜けるように青かった。

それが磐音らを、

「よし、程ヶ谷まで参ろうか」

と無理をさせることになった。

戸塚宿を過ぎてしばらく行くと、

「是より大山道」

の道しるべが見えてきた。さらに進んで品濃《しなの》坂にかかったとき、おこんが足を引きずるようになった。

まめを作ったのだ。

磐音は坂上の路傍《ろぼう》の石におこんを座らせ、足から草鞋を脱がせた。

「罰があたりますよ。お侍の坂崎様に治療させるなんて」

と嫌がるのを、

「このまま放っておくと明日歩けなくなる」

と諭してまめの治療を始めた。

小柄《こづか》でまめを切り開いて血を抜き、持参の膏薬《こうやく》を塗り込んで、真新しい手拭いを引き破って包帯にした。この上から草鞋を履かせ、紐を結んだ。

「どうかな、歩いてみられよ」

おこんは恐る恐る立つと治療したばかりの足をとんとんと地面につき、そこいらを歩いて、

「これなら大丈夫、江戸にだって戻れるわよ」

と叫んでいた。

だが、おこんの元気も境木の地蔵堂あたりまでで、包帯の手拭いに血が滲《にじ》み出した。

このあたりの坂道を二番坂ともいうが、

「武蔵と相模の国境、境木村といふ。左の方に地蔵堂あり」

と『東海道名所図会』にも記された場所だ。

磐音たちは空駕籠か馬でも通りかからぬかと待ってみたが、乗り物はすべて反対方向、大山へと向かっていた。

「宮松どの、それがしの道中嚢を持ってくれぬか」

「かまいませんよ」

背に担いでいた荷を宮松に渡すと、

「さあ、おこんさん、それがしの背中におぶさってくだされ」

と背中を向けた。

「嫌ですよ。私はお内儀様と違い、病なんかではありません」

「その足では程ヶ谷宿に辿りつくのは無理ですよ。明日のこともある。さあ、遠慮なく」

それでもおこんは迷っていた。

「おこんさん、ものは試しということもありますよ。お武家様におぶわれるなんて滅多にあることではありません。試しです、試し……」

と宮松にも促されて、おこんは渋々と磐音の背中に乗った。

「おこんさん、それではずり落ちてしまう。しっかりとそれがしの背中と首根っこにしがみついてくだされ」

屈託のない言葉で呼びかけた磐音はおこんを軽々と持ち上げた。

「どうです」

「そりゃあ、楽だけど」

「ならばこれで行きましょう」

「坂崎様の大山参りは、お内儀様とおこんさんをおぶう旅でしたねえ」

宮松が笑った。

「世の中には不思議と似たようなことが重なるものだな」

磐音らは夕暮れの東海道を程ヶ谷宿目指して進んでいった。

元越後高田藩馬廻り役の釜崎弥之助は、三人が遠ざかる様子を半丁もあとの松並木の陰で確かめ、

(どうしたものか)

と迷っていた。

坂崎磐音が見せた二つの光景が弥之助の脳裏にこびりついていた。

一つは、河原口の龍昌院で神道一心流の伊東八十吉に見せた変幻自在の剣捌きと、その直後の壮絶な抜き胴だ。

もう一つは、雨煙の中、大山寺の頂近くで追い込まれながらも天流の針田神三郎に放った首筋への容赦なき一撃だ。

釜崎弥之助の心は、坂崎磐音を倒したいという高揚した気分と死への恐怖の狭間《はざま》に揺れ動いていた。

ともあれ、

(坂崎磐音を倒さぬかぎり釜崎弥之助の道は開けぬ)

という強迫観念に苛《さいな》まれつつ、三人を尾行してきた。

懐には銭が十数枚残っているだけだ。

腹も減っていたが、坂崎とて伊勢原から旅をしてきて、今は連れの女をおぶって歩いていた。

互いに疲労の具合は一緒と見た。

ならば、今を逃して尋常の勝負の機会はない。

そう考えた弥之助は足を早めた。

権太坂はその昔、横浜村から数えて一番目の坂道ゆえに一番坂と呼ばれていた。

だが、旅人に坂の名を訊かれた耳の遠い古老がおのれの名を聞かれたと勘違いして、

「権太」

と答えたことから権太坂の名が広まったという。

真っ暗な登り坂を、磐音はおこんの息遣いと肌の温《ぬく》もりを感じながら登っていた。

そんな平穏な歩行に邪魔が入った。

確かな足取りが三人を追って迫っていた。

監視の目が襲撃者に変貌《へんぼう》したか。

磐音は歩みを止めると、

「おこんさん、宮松どの、この路傍で座っておられよ」

とおこんを背中から下ろし、座らせた。

「どうしたの」

「今に分かる」

磐音はそう言うと、おこんの尻を支えていた両手をゆっくりと振って血の巡りをよくした。

街道には人影が絶えていた。

峠の上にある常夜燈が、おぼろな光を磐音の背から差しかけていた。

その灯りの中に一人の青年武士が姿を見せた。

磐音が待ち受ける姿に武士も足を止めた。

「そなたでしたか」

磐音は龍昌院での伊東八十吉らとの戦いの場にあって、伊東の誘いを断った若者を思い出していた。

「それがし、元越後高田藩家臣釜崎弥之助にござる」

「釜崎どのか。それがしになんぞ御用か」

「坂崎どのに遺恨はござらぬ。それがし、国許にて伝来の外他流をかじった未熟者にござる」

弥之助は、言葉をいったん切った。

「坂崎磐音どのとの尋常の立ち合いを願いとうござる」

「見てのとおり、女子供連れの旅、迷惑にございます」

「それがし、決め申した」

弥之助はそう言うと薄汚れた道中羽織を脱ぎ捨て、黒蠟塗りの刀の下げ緒を解くときりきりと襷をかけた。

「釜崎どの、それがしとそなたが戦う謂れなどなにもない」

「ないと申されるなれば、申し上げる。心に染まなかったとは申せ、伊東八十吉様には一宿一飯の恩義がござった」

「伊東どのの仇《あだ》を討つと申されるか」

頷いた釜崎弥之助が、

「それがし、阿夫利神社の戦いも垣間《かいま》見てござる」

と言った。

「古来、武芸者は、尊崇《そんすう》する剣者に出会うを至福とするという。それがしのただ今の気持ちにござる」

そこまで言われた磐音は、小さく頷き返した。そして、おこんと宮松に許しを得るように会釈した。

その会釈には、万が一のときの別れが込められていた。

「坂崎さん」

おこんが立ち上がりながら呟いた。

磐音は頷き返すと弥之助に向き直り、備前国の名匠包平が鍛え上げた二尺七寸を抜いた。

すでに弥之助は剣を抜いて、右手にだらりと提げていた。

「いざ、尋常の勝負!」

釜崎弥之助が叫び、右手の剣を正眼に構え直した。

磐音はそれを見たとき、弥之助の剣術が並々ならぬ領域に達していることを悟らされた。

斟酌する余裕などありえなかった。死闘になるのは間違いなかった。

磐音も相正眼を取った。

間合いは一間半。

灯りは磐音の背から流れ込んでいた。

その光が無精髭《ぶしようひげ》の生えた若い武芸者の顔を真っ赤に染めた。

息詰まる対峙《たいじ》の後、

「え、えいっ！」

と仕掛けたのは、釜崎弥之助だ。

正眼の剣を引き付けつつ、磐音に向かって走り寄ってきた。そして、剣が、

すいっ

と伸ばされ、磐音の肩を襲った。

間断なき一撃だ。

磐音は弥之助の袈裟斬りを受けた。

弥之助は一撃目が受け止められた途端、奇妙な感じを持った。

ふわり

という、真綿で包まれたような感触だ。

弥之助の攻撃がなぜか勢いを殺がれたのだ。

初めての経験に弥之助は怯《ひる》むことなく、即座に引き付け、今一度袈裟に落とした。だが、今度も柔らかく受け止められた。

弥之助は三撃、四撃と連鎖した袈裟を見舞った。

それはおこんの目には光の帯に見えるほどの速さだ。

だが、そのことごとくが磐音の剣に優しくも弾かれていた。

弥之助は、何撃目かの袈裟を見舞いつつ飛び下がった。飛び下がりつつ磐音の小手を狙って電撃の剣を振り下ろした。

だが、小手斬りの奇襲も柔らかく弾かれた。

一間の間合いが開いた。

「釜崎弥之助どの、互いの手の内は分かった。これ以上の勝負は無益にござる」

修羅場を潜り抜けた数だけ、磐音に気持ちの余裕があった。

磐音の言葉は若い弥之助の怒りを誘った。

磐音がふいに包平を峰に返した。

「おのれ!」

その行動がさらに釜崎弥之助の頭に血を昇らせた。

正眼に戻した剣をゆるやかに持ち上げた。

切っ先が磐音の喉下一寸のところに定められた。

「き、ええいっ!」

気迫の気合いが響き、剣身一如《いちにょ》の弥之助が飛び込んできた。
突きが伸びてきた。
磐音が弥之助の突き出した剣の物打ちを擦り合わせて避けた。
弥之助は避けられるのを承知していた。
弾かれた剣を迅速の勢いで脇構えに回していた。それは磐音の視界の外で行われたように思えた。
磐音は、突きを外すと片足立ちでふわりと回転した。
脇構えが胴を抜くのを見つつ、磐音は斜め前方に走り抜けて抜き胴を躱した。
躱しながら磐音の二尺七寸はおのれの後方に回された。
包平の峰打ちが、
どすん
と弥之助の脇腹を捉え、
ううっ
とその場に立ち止まらせた。
再び磐音は弥之助に向き直り、痛みを堪えつつ剣を構え直す相手に向かって怒濤の攻撃を見せた。

それは存分に踏み込んでの左肩への強打であった。

がくん

と釜崎弥之助の腰が落ち、横倒しに転がった。

ふううっ

磐音は息をひとつ吐いた。

「一瞬の間が勝敗を分け申した」

だれに言うともなく磐音は呟き、

「命に別状はない。この先のことは釜崎どのが考えよう」

と言って磐音は包平を鞘に納め、

「さあ、おこんさん、程ヶ谷宿に参ろうか」

と背中を差し出した。

第五章　送火三斉小路

一

江戸は夏の移ろいの中に秋の気配が混じっていた。大川の川面を照らす光もどことなく穏やかで、蜉蝣《かげろう》が飛ぶ光景も儚《はかな》く見えた。

坂崎磐音ら三人が江戸に帰りついたとき、七夕《たなばた》祭りも終わり、お盆の季節を迎えていた。

三人は出迎えた奉公人に店先で挨拶し、奥座敷に通された磐音とおこんは吉右衛門からの分厚い書状を由蔵に渡した。

由蔵は主《あるじ》からの文を読むと顔を曇らせ、さらには頷いた。

顔を曇らせたのはお艶の病状にだ。

「ご苦労でしたな」

と二人を労った由蔵は、

「これからは江戸と伊勢原宿の間を密に使いを通わせ、お内儀様のご様子を承知しておかねばなりませぬな」

「暇を見て、私も伊勢原に通いとうございます」

おこんが言うのに頷いた由蔵が、

「さすがに今津屋の当代にございますな、ぬかりがございません。坂崎様を旦那様のご不在の間の後見になされる考え、由蔵、感心いたしました」

「老分どの、それがし、侍奉公と剣術をかじっただけの男にござる。今津屋に通ったとて、足手まといになると思うがな」

「いえ、旦那様の判断に間違いはございません。それにこの由蔵の心強い相談役にございます」

と言い切った由蔵が姿勢を改めて、

「明日よりよろしくお願い申します」

と頭を下げて磐音を当惑させた。

かくて磐音は新しい暮らしを始めることになった。といって六間堀の金兵衛長屋住まいも宮戸川の仕事もそのまま続けながらだ。

早朝に六間堀北之橋詰の宮戸川に通って鰻割きを終え、朝餉を馳走になって六間湯に駆けつけて湯を浴び、その足で両国橋を渡って、米沢町の角にある今津屋に向かった。すると四つ（午前十時）の頃合いで、両替商の今津屋が朝の間の忙しい刻限を迎えていた。

磐音は今津屋に到着すると店奥の縁側に向かい、そこでおこんから町人風に髷を直してもらい、棒縞の袷に着替えて、由蔵のかたわらに座る。

両替商の業務は、
一　江戸から日本各地に送金為替を組む事
一　幕府の遠国奉行など出先機関や諸藩の江戸向きの送金為替を換金する事
一　幕府への上納金の検査や金銀相場立て
などを主として、目を剝《む》くような大金が動いた。また、両替の字のとおり、貨幣の両替の業務があった。

その背景には、江戸を中心に金貨が流通し、上方方面では銀貨が貨幣の主たるものであり、さらに銭が併用される三貨制度が江戸幕府の貨幣策であったからだ。

さらには有力大名家で使われる藩札交換もあった。

これら混在する貨幣の相場を立て、両替する。それは本両替町の金座内で行われる金銀相場から銭緡《ぜにさし》の両替まであった。

今津屋では相場役の番頭を金座内に出張させて、上方との銭相場を仕切り、毎日の相場と売買数は勘定奉行と御金蔵に書き上げて、さらには駿河町の越後屋三井へも通告した。

江戸六百軒の両替商の筆頭、両替屋行司の今津屋は、公的な相場にも金銀両替から銭緡にいたる商いをもこなしていたから、奉公人を束ねる老分由蔵の監督範囲は広く、神経をぴりぴりと遣わねばならなかった。

磐音になんの仕事が回ってくるわけではない。

第一、磐音が判断できるような仕事は一つとしてない。だが、由蔵はおよその仕事を磐音に見せて、あれやこれやと金銀相場や銭相場を教えてくれる。

ともあれ、磐音は未知の世界を両替商の店先から眺めることになった。

どことなくのんびり過ごしているようにも見えた由蔵の下には、支配人筆頭の林蔵ら大勢の奉公人たちが判断を求めて次々にやってくる。それを即決で指示した。

今津屋吉右衛門が奥に控えているときなら、大きな商いの判断は吉右衛門に相談して決めてもらうことができた。だが、不在の今、すべてが由蔵にかかり、その決断次第で店は何百両、何千両もの儲けも出せば、損も蒙ることになる。

一瞬たりとも気が抜けぬ立場にあることが磐音には分かった。

そして、帳場格子の中に座ることによって、江戸の金銀銭の流れ、幕府の政策の長所や不備、好不況が鮮やかに見えてきた。

午後になると今津屋には大名家や高家旗本の家老職や留守居役、御用人が来て、由蔵に面会を求めた。むろんこの面談の裏には多額の借金の申し込みや藩財政の相談があった。

両替商が金の貸し借りに関わっているのはもはや周知のことであった。

由蔵はこの場だけは磐音を同席させなかった。

当然のことであろう。

磐音は元豊後関前藩の家臣というより、今も密接なつながりを持つ人間であり、父は国家老を務めていた。

そんな立場にある人間が他藩の大名や旗本の内緒に立ち入ることは、不謹慎極まりないからだ。

しかし、奥座敷に向かう面々を見ていると、藩の財政が苦しいのは関前藩だけではないなとつくづく思い知らされた。

そんな多忙な時間を縫って、磐音は昌平坂の若狭小浜藩に蘭医《らんい》の中川淳庵《なかがわじゅんあん》を訪ねた。

お艶の病について相談するためだ。

だが、門番が中川の留守を告げた。

中川らの畢生《ひっせい》の翻訳書『ターヘル・アナトミア』の刊行を目前に控えて、多忙を極めているとか。

磐音は門番に借りた筆記用具で走り書きを残し、今津屋に戻ってきた。

江戸に戻って神経を張り詰めた日々が四日、五日と過ぎて、磐音もようやく慣れてきた。

磐音は帳場格子から暇になったときなど、今津屋の広い店の一角に設けられた銭両替の店先に行き、両替風景を見た。

こちらは絹ものを着た人間が集うところではない。

小店《こだな》の手代や棒手振りまでが、一文銭九十六枚をまとめた銭緡を一分金や小粒に交換するためにやってきた。

この九十六文の緡《さし》は、「九六銭《くろくせん》」とか「九六百《くろくひやく》」とか呼ばれ、一文銭百文として通用した。九十六は、二でも三でも四でも割り切れ、四文の手数料で交換されたのだ。

今津屋の銭両替の店先には、そんな銭緡売りや棒手振りたちがやってきて、江戸の裏長屋や小店の暮らしや商いを話していくのだ。一文一文の交換に江戸の庶民の暮らしが垣間見えた。

銭両替は今津屋が分銅看板を掲げたときからの大事な業務だ。

今津屋の奉公人は一文商いから何百両何千両の大商いを覚えていくのだ。

磐音には四つの店開きから六つの店仕舞いがあっという間に過ぎていく。むろん表戸を閉じたからといって奉公人の仕事が終わるわけではない。

その日の商いの後始末、銭勘定、これは一文の狂いも生じないように揃うまでやらされる。また、表戸が下りてから、乗り物を乗りつける御用人などがいる。こちらは緊急の金子を借用に来たのだ。

そんな今津屋の慌ただしい一日が終わってほっと一息つくのは、台所の広い板の間で大勢の奉公人が夕餉の膳を囲むときだ。

磐音が日参するようになって、由蔵は小座敷に磐音と二人だけの膳を囲み、その日の出来事をいろいろと話してくれるようになった。

その膳にはおこんが熱燗《あつかん》をつけてくれた。

そんな折り決まって出る話題は、伊勢原宿子安村に残った吉右衛門とお艶のことだ。

磐音は、不寝番の品川柳次郎と竹村武左衛門と交替するように今津屋を出て、両国橋を渡り、六間堀の金兵衛長屋に戻る。

そんな暮らしにも馴《な》れ、明日は盂蘭盆会《うらぼんえ》という日の昼下がり、今津屋の店先に若い同心を伴った町奉行所与力が立った。

異様に小柄な体の上に大頭をのせた南町奉行所の年番方与力、笹塚孫一だ。そして、供は定廻り同心の木下一郎太である。

二人の顔には汗が光っていた。

「おおっ、これは笹塚様」

由蔵の声に磐音も旧知の与力を見た。

「そなた、両替屋の店先もなかなか似合うのう」

笹塚がにやりと笑った。

「ささっ、どうぞ奥の間に」

由蔵が南町奉行所の切れ者与力と同心を奥へと招じ上げ、磐音も呼んで同席させた。

「由蔵、今津屋のお内儀が病と聞いた。お見舞い申し上げる」

笹塚孫一が険しい顔でまず挨拶した。

「さすが早耳にございますな」

「われらは江戸の町から諸々を拾い集めてくる探索が仕事だ」

「まことにもってさようにございます。お見舞い有難うございます」

「お内儀の加減はいかがかな」

「主の吉右衛門が内儀に付き添っておられることでお察しください」

うーむと頷いた笹塚が、

「どうやら坂崎の今津屋奉公もそのことと関わりがありそうだな」

「笹塚様、坂崎様は奉公人ではありません。今津屋の後見にございます」

「なるほど、吉右衛門どのの不在の間、店の内外の監視役か。さすがに今津屋、つぼを心得ておるわ」

「笹塚様もそうお考えになられますか」

「この仁、剣術遣《やっとう》いにしておくのは惜しいでな」

「ならば、南町からうちがお引き取りいたしましょうかな」

由蔵は南町奉行所が坂崎磐音の腕をしばしば借りているのを皮肉った。

「それはちと困る」

と笹塚が本気で慌てたとき、おこんが茶菓を運んできた。

「おおっ、両国広小路小町と評判のおこんか」

「まあ、お口がお上手な与力様ですこと」

おこんが笑い飛ばした。

「笹塚様、あちらを褒め、こちらを持ち上げ、なんぞご用でございますか」

おこんが去り、痺《しび》れを切らした磐音が訊いた。

「おおっ、それよ」

と笹塚孫一が供の木下一郎太の顔を見た。

「笹塚様、坂崎様を早速今津屋から連れ出す算段でございますか。ならば、私は店に戻りましょうかな」

と立ち上がる由蔵を制して、

「いや、そなたの知恵も借りたいで参ったところだ。そのままそのまま」

「両替屋の番頭がなんぞ役に立ちますかな」

という由蔵の前に、一郎太が丁重に差し出したものがあった。

紫の絹の袱紗《ふくさ》に包《くる》まれたものだ。

「大判にございますな」

さすがに金を扱う両替商、すぐに袱紗包みが大判と見破った。

「由蔵、鑑定を頼みたい」

笹塚が言い、由蔵は頷くと受け取った。

江戸期、徳川幕府の貨幣は金銀銭の三貨があった。

江戸を中心にした金遣いの土地で流通する金貨は、大判、小判、二分判金、一分判金、二朱金、一朱金の五種類であった。一朱金は文政《ぶんせい》期（一八一八〜三〇）のわずかの間しか流通しなかった。

まず庶民が手にし、使うのは銭だ。

両替商が売買するのは小判を標準にした。

江戸期、大判は、慶長笹書《ささがき》大判、元禄大判、享保《きょうほう》大判と、限られた鋳造《ちゅうぞう》しかなされなかった。それゆえ十両に値する大判の数量は極めて少なく、市場に出回ることはまずない。

当時出回っていたのは、慶長大判と同格の享保大判であった。この大判は、享保十年（一七二五）から出回り、万延《まんえん》元年（一八六〇）までの長きにわたって通用した。

大判の使い道は、江戸幕府が京の朝廷や公卿《くぎょう》たちに、

「黄金一枚」

と称して贈与するなどの儀礼用か、大名諸侯が文庫金として備蓄し、いざという時の高額な支払いにあてるものだった。

由蔵が袱紗を解《ほど》き、真綿に包まれた大判一枚をそっと袱紗の上に置いて見入った。

「慶長笹書大判にございますか」

由蔵は両替商の老分の目で厳しく見た。その口から、

「笹塚様には言わずもがなのことでございますが、大判の大事は金質よりも金座後藤《ごとう》家の書判《かきはん》（花押《かおう》）の鮮明さにございます。この大判、後藤光次《みつつぐ》様の書判があざやかに残っておりますな」

裏を返して調べていた由蔵が掌で重さを測り、さらに表に戻した。

由蔵の視線が笹塚孫一に向けられた。

「この慶長笹書大判、よくできた偽物と見ましたが、いかがにございますか」

「さすが両替屋の老分の目は騙せぬな」

「私どもの商いの単位はあくまで小判取引にございますが、時にはお手元の苦しいお屋敷などが慶長笹書大判やら、秀吉様鋳造の天正《てんしょう》長大判を預けられることもございます。それゆえ、大判の目利《めき》きも一応させてもらいます」

「さすがだな。今津屋の蔵には天正長大判も眠っておるか」

「笹塚様、あくまでお預かりした品にございます」

にたりと笑った笹塚が、

「両替商が無理に大名諸家から借金の担保《カタ》に預からされた大判の吟味に来たのではないわ。この大判は日本橋の質商宝屋《たからや》に質草に入れられたものだ」

「質屋の番頭はこの大判を偽物と見抜けませんでしたか」

「ちと入り組んでおる」

日本橋新右衛門町の質商宝屋忠左衛門《ちゆうざえもん》は、江戸の初期から質商を許され、七代目を数えていた。当代は江戸にある二千軒の質商組合の筆頭幹部の一人として重きをなす商人だった。

質商は、潰《つぶし》金銀商、刀剣商、古着商、古道具商、古金売買商、火事道具商、古書商とともに、八品商として町奉行所の監督を受けていた。

質屋にとって一番厄介な質草は刀剣類で、縁頭《ふちがしら》、柄糸《つかいと》、鎺《はばき》、鞘《さや》、目貫《めぬき》、刀身、切羽《せっぱ》、下げ緒と細かく記して受け取るなど厳しい制限があった。

そして今ひとつ、庶民は公には金銀製を所持することを禁止されていたため、質草に金細工の煙草入れ金具などが入れられると、金製と記さず、金鍍金と称して受領した。ただし、江戸時代の質物は、

「土地、家屋、金銭、衣服、そのほか雑品などであって、船床書入れ、髪結書入れもまた家質に準ずる……」

と古書にあるように、金銭の質入れが禁じられていたわけではない。

「さて、この大判を質入れなされたのは、代々京都町奉行などの要職を務められてきた旗本二千三百石弓場《ゆんば》播磨守《はりまのかみ》雪岳《ゆきたけ》様の御用人の宇野《うの》源平《げんぺい》だ。当代になられて無役が続き、手元不如意《ふにょい》になられたようだ。半年も前、屋敷に呼ばれてこの慶長大判一枚を質草に金子二百金を用立てられた」

「なにっ、二百両ですと」

由蔵が驚きの声を上げた。

大判は小判の十倍の値が相場だからだ。

一郎太はそれに頷き、説明を続けた。

「そのひと月後には請け出されて、元金利息を支払われたそうな。そんなことが

二度三度と繰り返され、こたびの質草になった。二度目からは御用人が宝屋に質草を持参した。番頭が申すには、最初の一枚は正真正銘の慶長笹書大判であったという。ところがこの度、質草を請け出されようとした折り、御用人がこれはうちが預けた大判ではないと言い出されたそうな、見ればそなたが見破ったとおりに偽の慶長笹書大判、おそらく表面に巧妙に金箔《きんぱく》を張った細工物であろう」

「引っかかりましたかな」

と由蔵が言い出した。

「番頭はこの度お預かりしたものでございますと抗弁したそうだが、神君家康様以来の弓場家が偽の慶長笹書大判を使ったと申すかと大いに憤激されて、御用人は屋敷に帰られた。だが、すぐに使いが来て宝屋忠左衛門と番頭の勝蔵《かつぞう》が屋敷に呼ばれ、主の弓場播磨守雪岳から厳しい叱責《しっせき》を受けたそうな。そればかりか伝来の刀を持ち出されて、客の質草を掏《す》り替える不届きな質商、成敗してくれると脅《おど》されたとか。相手は家康様以来の家柄、宝屋としては致し方ない。なにがしかの詫び金を支払ってようように許されたそうな。その際、雪岳様は、外に洩らさば当家の名誉にかかわることゆえ極秘にせよと、釘を刺されたそうな」

「かなりあくどいですな」

「あくどい」

「が、宝屋にも落ち度があった。まず、質草には曰《いわ》くがあった」

「曰くでございますか」

「この慶長大判、桐の箱に入っていたそうだが、箱書きがあった。弓場家の先祖が京都町奉行の職にあった折り、朝廷のために手柄があったそうで、百九代の明《めい》正《しょう》帝が下賜《かし》された旨の箱書きだ。だからこそ宝屋は大判一枚に二百両を都合した」

「なるほど」

由蔵が納得したように首肯した。

「預かるほうも預かるほうだが、質入れする武家も武家だ」

笹塚が吐き捨てた。

「笹塚様、それを申されますと、お困りになるのはお武家方にございますぞ」

「商いと武家の倫理を申しておるのだ。ともあれ、番頭は最初こそ曰く付きの大判と箱を仔細に点検したろうが、二度目から形式に堕したのであろう。先方は最初から巧妙に仕掛けてきておるのだ」

「旗本を御取締りになる目付役所に訴えることはできませんでしょうな」

「家康様以来の家柄を質屋が訴えて勝ち目があると思うか。それに帝《みかど》の箱書きの質草だぞ」

「でしょうな」

「宝屋にはこの一郎太が出入りでな、偽大判に掏り替えたという始末料に三百両ばかりを強請《ゆす》りとられた上に、番頭が一人、大川に身を投げたそうな。それを極秘のうちに始末した上で一郎太の耳に忠左衛門が囁いたという。よほど肚に据えかねたのだろう。それでわしの知るところとなったのだ」

「偽の大判の一件、ようよう呑み込めましたが、今津屋と坂崎様へのご相談とはなんでございますな」

「それよ。弓場家ではどうやら宝屋だけではなく、何軒かの質屋、両替商に曰く付きの慶長大判を持ち込んで、偽大判に掏り替え、始末料を取っておる様子なのだ。そこで両替商に被害がどれほどあるか、極秘のうちに探索しておるところだ。由蔵、両替屋行司の今津屋なれば、われらが表立って調べるよりも早かろう」

ぽんと膝を打った由蔵が、

「承知しました」

と請け、訊いた。

「しかしながら、家康様以来の家柄とは申せ、弓場家を触らぬ神に祟《たた》りなしと遠慮なされますかな」

「弓場雪岳様は、槍は東軍《とうぐん》無敵《むてき》流、剣は丹石《たんせき》流の名手じゃそうな」

「はあ」

「由蔵、厄介はもうひとつある。弓場家には家康様からの拝領刀和泉守兼定《いずみのかみかねさだ》があってな、この一剣には家康様直筆添え書き、余に代わりて弓場歴代と兼定に世直しを命ず、と記されてあるとか。城中でもしばしば自慢なされるのを聞いた方がおられるそうだ」

由蔵が、
ふーうっ
と重い吐息をついた。

「帝の箱書きや家康様の添え書きを悪用されるなど、とんでもないことでございます」

「だが、われらなど、不浄役人がと拝領の和泉守兼定を振り回されてみよ、太刀打ちできぬわ」

笹塚孫一はなんとも情けないことを述べた。

「そこでじゃ、坂崎どのの知恵を借りたくて、わざわざ参ったというわけだ」

「それは全くの畑違いにございます、笹塚様」

「そう申すな。わしとそなたが組めば、向かうところ敵なしのはずじゃ」

「そのような無責任なことを」

「坂崎、そのうち今津屋にも弓場の御用人が金子を借りに来る」

「来ますか」

「来るように仕向ける」

「なんと」

由蔵は笹塚孫一の策士ぶりに呆れて絶句した。

「だから、坂崎、この今津屋の古狸どのとよう対応するがよい」

「はあっ」

磐音はなにやら騙されたような気分で生返事をした。

二

翌日は盂蘭盆会で宮戸川の鰻割きも休みだ。

磐音は、朝の間に鰻捕りの幸吉を誘い、六間湯に行った。すると大家の金兵衛が湯船に白髪頭を浮かべていた。

「お艶様の具合はどうだな」

「昨日の店終いの刻限に伊勢原の今津屋どのから文が参りまして、このところ小康を保たれているようです。ただし、食べると吐かれることもあるそうな」

「まだ若い身空にな。代われるものなら、この金兵衛、代わってさしあげたい」

金兵衛は顔を両手でごしごしと洗い、

「そなた方は日頃から殺生に携わっているのだ。幸吉、寺参りなどして仏様の許しを得ておけ」

「鰻捕りも殺生のうちかな」

「そりゃあそうだ。おまえが捕った鰻をこの坂崎さんが割かれるのだからな。二人して殺生戒を犯していよう」

「大家さんは鰻を食わねえか」

「うまいで、時に食するな」

「それは殺生戒とは違うのか」

「まあ、食う者も加担しておるな」

「大家さん、貧乏人は生きるために鰻を捕り、割く。大家さんはうまいってんで鰻を食う。どっちが罪深いか、三途の川で閻魔《えんま》様が教えてくれるぜ」

「幸吉、年寄りを脅すものではない」

三人は一緒に湯から上がった。

六間湯の前で金兵衛が、

「今津屋の仕事は休みなしかね」

「盂蘭盆明けの藪入《やぶい》りまでは休みなしです」

「坂崎さん、おこんに苧殻《おがら》を持っていってはくれまいか。今津屋の迎え火、送り火の苧殻は毎年、私の知り合いのものを今津屋に届ける習わしでな」

お盆の十三日の夕暮れ、江戸の町屋では門口に焙烙《ほうろく》を置き、それに苧殻を敷き詰めて、迎え火を焚いて先祖を迎える。だから、お盆前の江戸の町々を、

「おがらおがら」

と苧殻売りが売り歩く姿が見られる。

磐音が承知しましたと答える前に、

「大家さん、おれもおこんさんの顔が見てえや。おれが苧殻を持って浪人さんに付いていくよ」

「ほう、幸吉も行ってくれるか。甘いものでも貰おうという魂胆がありそうだがな」

金兵衛長屋に戻り、紙袋に入れられた苧殻を幸吉が抱えて、磐音と二人、両国橋を渡った。

藪入り前だが、職人衆の中には仕事を休んでいるところもあった。そのせいか東西の両国広小路の人込みも橋の往来も川面の船も、いつもよりは幾分少なく見えた。

今津屋に行くと店もいつもよりは混雑していないようだ。由蔵がのんびりと声をかけてきた。

「今日はまた早うございますな」

「盂蘭盆で宮戸川も休みです」

「そうだ、そうでしたな」

そんな会話をしているところへおこんが奥から顔を出した。

「おこんさん、金兵衛さんから苧殻を預かってきたぜ」

「ああ、よかった。今年は持ってくるのが遅いから、後で橋を渡ろうと考えていたのよ。幸吉さん、奥へ運んできて」

おこんが幸吉を奥へ連れていった。するとそこへ、表に小者を待たせた木下一郎太が入ってきた。

「おはようございます」

「坂崎様、早速南町のお呼び出しですぞ」

と由蔵がにやりと笑い、

「木下様、ご苦労に存じますな」

と小僧に上がりかまちまで座布団を持ってこさせた。

「昨日の一件ですが、ただ今、判明いたしましたところでは、引っかかった株仲間が二軒ございました」

と言い出し、帳場格子から書き付けを持ってきた。

由蔵は昨日のうちに両替商各組の株頭に使いを出して極秘の調べをなさしめ、その結果を報告させていた。そこには、
中橋広小路　讃岐屋省兵衛《さぬきやしようべえ》　詫び金二百三十両
本両替町　角屋彦左衛門《かどやひこざえもん》　詫び金三百両
と書かれてあった。

「やはり笹塚様の見込みどおり、被害が両替商にも及んでいましたか」

「木下様、両替商仲間には極秘の通達を回してございます。これ以上、新たな被害は広がらないとは思いますが、なんとも悔しゅうございますな」

「老分どの、少しばかり坂崎さんをお借りしてよろしいか」

「仕方ございません。それに今日からはお盆、商いも比較的少のうございますからな」

「昼まではお返しします」

と一郎太が由蔵に断り、磐音はその足で南町の定廻り同心と肩を並べて、今津屋を出た。

「弓場家は愛宕権現社《あたごごんげんしゃ》の北側にありまして、笹塚様が坂崎さんに屋敷をお教えしておけと言われるので、お誘いに上がったのです」

二人は後ろに小者を従えて、昼前の江戸の町を歩いていった。

その足取りはゆったりしているようで、毎日江戸の町を巡回している同心だ。なかなかの速さである。磐音も楽々とそれに従った。

「家康様以来の名家である弓場家の当代が、なにゆえ役に就かれぬか調べました。それは偏《ひとえ》に、短慮短気ゆえに朋輩と折り合いがつかぬのでございますよ」

「ほう、短慮が小普請《こぶしん》入りを強いておりましたか」

「はい。先代の雪矩《ゆきのり》様が亡くなられたのは宝暦《ほうれき》十一年（一七六一）のことにございました。京都町奉行職を務め上げられた後、江戸に戻られ、新御番頭《しんごばんがしら》に就いておられましたそうな。それゆえ、雪岳様も先代の存命中から新御番頭見習いで城中に出仕されておられましたが、先ほど申した短慮ゆえに城中の茶坊主をあからさまに罵《ののし》り、朋輩と口論することしばしばであったとか。それも父親の在職中は尻拭《しりぬぐ》いもできた。が、雪矩様が亡くなり、雪岳様がささいなことで御数寄屋坊主組頭を罵った上に持っていた扇子《せんす》で額を打ち割ったことが上様のお耳に入り、出仕を止められたそうにございます。数寄屋坊主の格は低うございますが、御目見《おめみえ》ですからな。以来、無聊をかこってこられました」

「いくつになられますな」

「初出仕が二十一歳だそうで、当年とって三十四歳になられます」

「笹塚様は槍と剣の達人と申されましたな」

「幼年の頃から武術は熱心であったそうです。それに無役に落ちてからは屋敷に剣術家を招いて、武芸の修行に没頭していたそうです。ただ今も、不伝《ふでん》流居合いの達人、荒木応助《あらきおうすけ》様とご一統が屋敷に滞在なさっておられるとか」

二人と小者は東海道筋を京橋まで歩いてきていた。

木下一郎太にはあちらこちらのお店の奥から、

「木下様、お立ち寄りになりませんか。冷えた麦茶が用意してございますよ」

などと声がかかった。

それだけ町衆に慕われる同心ということなのだろう。

「弓場雪岳様にはお内儀様はおられましょうな」

「はい。旗本四千五百石、御書院御番頭の津田《つだ》石見守定鉦《いわみのかみさだかね》様の次女とご婚姻なされて、二男一女をもうけておられます。聞くところによると津田様は、弓場雪岳様の無役を苦々しく思っておられるそうにございます」

御書院御番頭は上様のお近くに仕える御側衆《おそばしゅう》の一人で、将軍家、幕閣の信頼厚き人物でなければ務まらなかった。

「無役とは申せ、先代まで要職を務められたならば、そうそう金子にお困りになるということもありますまい。なぜ、帝の箱書きの大判やら家康様拝領の刀まで持ち出して、大金を集めなさるのでございますな」

「そこです」

一郎太が頭を掻いた。

「私が宝屋の一件を知ったのは、一昨日のことにございました。時間がないと言い訳もできませぬが、未だそのあたりが不分明なのです」

「それで、それがしを引き出されましたか」

「笹塚様は、こう申されました。坂崎磐音という男、奇妙なツキを持っておるで、おまえも分けてもらえと」

「勝手なことを言われるお方だ」

芝口橋を渡り、稲荷小路に曲がり込むと、大名家の上屋敷が連なり、町屋の風景が一変した。さらに広小路通りを横切り、佐久間小路を抜けると、愛宕下通りに出た。ここいら辺りからは大名家の屋敷より旗本の屋敷が多くなってきた。

「弓場様のお屋敷は、三斉小路にございます」

と一郎太が手入れの行き届いた両番小屋付きの長屋門に海鼠《なまこ》壁の屋敷を指差した。

敷地はざっと千坪か、屋敷から剣術の稽古の気合い声が流れてきた。

旗本は一旦事が起こったとき、将軍家を護持して戦う集団である。日頃の武芸鍛錬は感心といえたが、近頃のご時世では浮き上がった存在でもあった。

一郎太と磐音は門前を素知らぬ顔で素通りして、西久保通りで左折し、さらに三斉小路と並行した鎧《よろい》小路を抜けて、愛宕下通りに戻ってきた。

屋敷町だ。

人の通りは少なかった。

一郎太と磐音がどうしたものかと辻《つじ》に立ち止まったとき、三斉小路から町人が四人出てきた。

磐音の知り合いだった。

「四郎兵衛《しろべえ》どの」

声をかけられた遊里吉原会所の頭取《かしら》が振り向き、びっくりした。そのかたわらには妓楼丁子屋《ぎろうちょうじや》の主の宇右衛門《うえもん》の顔があった。

供は吉原会所の手代の竹造《たけぞう》と見知らぬ顔の男だった。

「珍しいところでお会いしましたな」

と四郎兵衛が言い、磐音の連れが町方役人と確かめ、

「どうやら御用の先は一緒のようだ」

と独り呟いた。

「宇右衛門さん、事情《わけ》は後ほど話す。そなたと番頭さんは先に吉原に戻ってもらえぬか」

宇右衛門は訝しい顔をしたが、吉原廓《くるわ》内の町奉行職ともいえる吉原会所のお

頭に頷き返し、番頭を伴い、新シ橋のほうへと歩き去った。

「坂崎様、お久しぶりにございます」

許婚《いいなずけ》であった奈緒が丁子屋から遊女として出るために派手な乗り込みをした後、磐音は遠くから奈緒の幸せを祈って、できるだけ吉原に近付くことはしなかった。

磐音が四郎兵衛の挨拶に頷き、木下一郎太を顔合わせした。

「南町のお役人様にございましたか。私は吉原の四郎兵衛にございます」

と丁重に挨拶した四郎兵衛は、

「ここいらはお屋敷町で、生憎《あいにく》と茶を飲む店もございません。ちと石段を登ることになりますが、愛宕権現に参れば茶店もございます」

と愛宕山へと誘った。

四郎兵衛と磐音は自然と肩を並べる格好になった。

「坂崎様、私どもがどちらの屋敷を訪ねたか、見当がお付きになりますか」

「もしや弓場播磨守雪岳様の屋敷ではございませぬか」

「この四郎兵衛、坂崎様とは深い因縁に結ばれているようですな」

と苦笑いした。

「吉原と弓場様はなんぞの関わりがあるのですか」

「関わりは持ちたくございませんが、野暮を押し通す旗本がおられる。困ったことでございますよ」

四人は曲垣平九郎《まがきへいくろう》が騎乗のままに昇り降りした急な石段を昇り詰めた。するとそこに家康の守護将軍地蔵尊像を祀った愛宕権現社の社殿が現れた。

防火鎮護の神様である。

四人は参道から頭を下げて、茶店に入った。

窓が開け放たれた茶店の座敷からは、大名家の甍《いらか》の波と濱御殿の緑、江戸の海が一望できた。

四郎兵衛が竹造に無言のうちに命じて、酒と肴が頼まれた。

「お二方も弓場様に御用にございますか」

磐音は一郎太の顔を窺った後、

「四郎兵衛どの、先にお話を聞かせてもらってもよいですか」

と頼んだ。

「ようございますとも、花魁《おいらん》白鶴に関わりのあることだ。坂崎様にはすべてお話しいたしましょう」

「なんと申されました。奈緒どのに関わりがあると申されますか」

「はい。それが先ほども申しましたように、江戸に生まれ育ったお旗本にしては野暮な話なのでございますよ」

と断り、語を継いだ。

「弓場の殿様が剣術仲間と丁子屋に揚がられたのは、三月《みつき》も前のことにございます。そのときは話題の白鶴を一目見ようと呼ばれたようですが、以来、三日に上げず丁子屋に揚がられて、白鶴を座敷に呼ばれます」

吉原では、客と遊女の間を金子が取り持つ。それがすべての世界だ。なんの不思議もない。

磐音は冷静に四郎兵衛の話を聞こうと己に命じた。

「ところが近頃では白鶴を側室に身請《みう》けすると言い出されて、丁子屋を困惑させているのです。なにせ丁子屋としては大きく育てたい白鶴にございます。いくら金子を積むからといって、あれほどの乗り込みをした白鶴を身請けさせる気もない」

「花魁はどうなのですか」

磐音は奈緒から花魁と呼び変えていた。

「弓場様はご気性が粗暴の上に短慮でしてな、意にそぐわぬとすぐに大声を上げ、時に膳や調度を打ち壊される。白鶴は嫌っておいでです」

「なんと」

磐音は奈緒に振りかかった新たな災難に絶句した。

「今日も今日とて、丁子屋の宇右衛門どのを屋敷に呼ばれたのです。白鶴の身請けの判を押せと遣いを寄越され、来ねば丁子屋に暴れ込むと乱暴な申し出にございましてな、それで私めが同道したというわけにございますよ」

酒と蚕豆《そらまめ》など肴が運ばれてきた。

四郎兵衛が磐音と一郎太の盃に酒を満たした。

竹造がお頭の酒器に酒を注《つ》ぎ、磐音と四郎兵衛は久闊《きゅうかつ》を叙するように盃を目の高さまで上げた。

磐音は盃に口をつけると膳に置き、一郎太を見た。すると一郎太が、

「笹塚様からは、坂崎さんの思うとおりに行動させよと命じられております」

と答えた。

「四郎兵衛どののお話を伺いまして、氷解したことがございます。このところ弓場雪岳様は強引なる金子稼ぎに走られておられましてな……」

と磐音は、天皇家の箱書きのある慶長笹書大判を利用しての詐術を四郎兵衛に

話した。

「なんということで」

四郎兵衛が驚き、呆れた顔を見せた。

「坂崎様、先ほどもそうなのでございますが、私どもを座敷に待たせておいて、庭先では真槍を振り回されるわ、真剣を抜き打たれるわで、子供じみた脅しでございましてな。うちとしましては、吉原で抜き身なんぞを振り回されて暴れられるのは大いに困るのです」

磐音が頷いた。

「木下様、痩せても枯れても旗本二千三百石の当主の行状にございます。質屋や両替屋を騙して金子を強請る手口は、なにがなんでもあくどすぎます。まして神君家康様のご拝領刀をそのような悪行に利用してよいわけもない。ここは御目付に動いていただくよう南町でなんとか手を打ってもらえませぬか。さすれば吉原も助かるのですがな」

「それがしの一存ではなんともなりませぬ。早々に奉行所に立ち返り、上役と相談の上に処置を願おうかと思います」

四郎兵衛が頷き、磐音が訊いた。

「木下どの、雪岳様のご嫡男はおいくつにございますか」

「春之丞《はるのじよう》様は十三歳、聡明な若様と聞いております」

四郎兵衛の目が険しさを増して、磐音を見た。

「坂崎様、まずは御目付を動かすことです。旗本を監察糾弾《きゆうだん》するのがお役なのですからな」

「はい」

「ただ、近頃の御目付は、軟弱な輩が多うございます。弓場様の狂気じみた言動と拝領刀に尻込みするようだと、損な役目が坂崎様に回ってきかねない。そのときは、四郎兵衛、坂崎様の手足になりますぞ」

と吉原を束ねる老人が言い切った。

磐音は黙って頷いた。

磐音が今津屋に戻ったとき、おこんと幸吉が店の前に立ち、幸吉は今津屋の家紋入りの提灯を下げていた。

「おおっ、幸吉どののことを忘れておった」

「忘れてたって、ひでえ話だぜ」

「どこに参られるな」

「下谷《したや》広徳寺に魂迎《たまむか》えに行くところよ」

おこんが答え、店奥を覗くと由蔵がこちらを見ていた。

節目正しい町屋や大店では盂蘭盆の夕刻、檀那寺《だんなでら》に行き、墓前に灯明《とうみょう》を捧げて、先祖の霊をその家まで魂迎えをした。

「老分どのにお話しする間、待てぬか。お詫びにそれがしも参ろう」

「一緒に行ってくれるの」

今津屋では主夫婦が不在だ。

磐音がその後見を吉右衛門から任されているのだから、魂迎えの代役を務めてもおかしくはないだろう。

「老分どのにお話ししてみよう」

磐音は帳場格子の中に座っていた由蔵に遅くなったことを詫び、四郎兵衛と出合って得た情報を告げた。話を聞いた由蔵が、

「なんてことだ。奈緒様がこの一件につながっておりましたか。ともあれ弓場雪岳様は自滅の道を辿っておられるな」

「木下どのが笹塚様に報告され、御目付をどう動かすか相談されておられます。

まずそのお手並みを拝見するとしましょう」

由蔵が首を捻ってしばし考え、

「坂崎様。今はほれ、待つ人も首を長くしておる。旦那様の代役で広徳寺まで魂迎えを願いましょうかな」

とその考えを察していたように許してくれた。

三

磐音たちが墓前に点した灯火を定紋入りの提灯に移しかえて戻ってきたとき、今津屋の前では由蔵が着流しに羽織姿で出迎えた。

店前には金兵衛のくれた苧殻に火が点され、迎え火が揺らめいていた。

「ご苦労にございました」

由蔵の言葉の背後から、

「待っておった」

という声がした。

笹塚孫一だ。

羽織袴の正装である。

「そなたに伴ってもらいたいところがある。老分どのにはすでにお断りしてある」

そう言いながら磬音の衣服をそれとなく検《あらた》めた。その視線に気付いたおこんが、

「笹塚様、坂崎さんのお召し替えをする間、お待ちいただけますか」

「これではいけませぬか」

磬音がかなりくたびれた単衣の袖を引っ張ってみせた。

「今津屋から借用できる衣服があるならばそうしてもらおう」

笹塚が命じ、おこんが磬音を奥に連れていこうとして、

「幸吉さん、ちょっと待っててね。私が深川まで送っていくから」

「おこんさん、おれなら一人で帰れるぜ」

「そうじゃないの。お盆でしょう、今日、おっ母さんの仏壇にお線香を上げに行く許しをいただいているのよ」

「なんだ、おこんさんも金兵衛さんの家に戻るのか」

「そういうこと」

磬音はおこんに手伝ってもらって、渋い夏小袖と羽織袴を着せられ、髷を直さ

れた。

「お借りします」

店先に出ると不寝番の品川柳次郎と竹村武左衛門が姿を見せて、磐音の正装に目を丸くした。

「やはり帰参なされたか」

竹村が羨ましそうに言った。すると笹塚孫一が、

「帰参ではない、わしが供に願ったのだ。しかしこれではどちらが供か分からぬな。もっとも中身は六百三十石の嫡男だからな、御目見以下の町方与力とは格が違う」

と自嘲気味に言った。

「着物ばかりか風采《ふうさい》もだいぶ違わあ」

幸吉が正直な感想を述べて、

「これこれ」

と由蔵が慌てた。苦笑いした笹塚が、

「子供は正直だ、致し方ない」

と感想を述べ、

「若様、参りましょうか」

と言うと小さな体の胸を張って先に歩き出した。

「では行って参ります」

その後を、頭一つ以上も大きな磐音が従っていった。

笹塚が磐音を伴ったのは、御城の北側神田橋御門近くの錦《にしき》小路にある屋敷だ。

「家治様の御側にお仕えなされてご信頼の厚い、御書院御番頭の津田石見守定鉦様のお屋敷だ」

弓場雪岳の岳父《がくふ》の屋敷の門前には迎え火の苧殻を燃やした跡が残っていた。

「本日は、南町奉行牧野成賢《まきのせいげん》様の代理でな。そなたもそう心得よ」

切れ者の与力が南の奉行と知恵を絞った仕掛けの場に、磐音も立ち会おうとしていた。

門番に御用人への面会を頼むと初老の侍が出てきた。

「南町奉行牧野様のお使いと聞きましたが、火急の用事でござるかな」

御用人の顔には迷惑と書いてある。

上様の御側衆には大名家や旗本家からの嘆願や猟官《りょうかん》が押し寄せる。それだけに御用人の態度もどことなく高圧的であった。

「さよう、ご当家にとっての大事にござる」

「しからば、主に取り次ぎますで、しばらくこちらでお待ち願おうか」

二人は式台脇の内玄関から屋敷に上げられ、控え部屋に入れられた。だが、四半刻（三十分）経っても半刻（一時間）過ぎても音沙汰《おとさた》がなかった。

だが、笹塚孫一は平然としたものだ。

磐音もおっとりとした顔で待った。

ようやく御用人が姿を見せたのは、控え部屋に入れられて一刻（二時間）が過ぎた刻限だ。

「本夜は盂蘭盆会にござってな、当家にもいろいろと仕来《しきた》りがござる」

と言い訳ともなんともつかぬ言葉とともに、

「面会はできるだけ手短に願いたい。殿は日頃から屋敷で面会の類は極力避けておられるでな」

と忠告した。

「はっ、心得ました」

二人は中庭をぐるりと取り巻く廊下を奥へと案内された。

津田石見守定鉦が笹塚と磐音との対面を許したのは書院だった。

二人は夏絽《なつろ》を着流しにした定鉦の前に平伏した。

頬のこけた相貌《そうぼう》、眼光鋭い両眼、への字に曲がった口元、どこをとっても頑固で煩《うるさ》そうな人物である。

「津田様にはお寛《くつろ》ぎのところ恐縮至極に存じます」

「南町奉行牧野どのの代理と聞いたが、しかとさようか」

津田定鉦が厳しい口調で訊いた。

その表情には、奉行の代役でなければ、不浄役人などの目通りは許さぬものをと書いてあった。

「はっ」

「牧野どのは、代役など立てられずになぜ当人が見えられぬ」

江戸町奉行職は幕府の中枢の要職だ。だが、上様の御側衆の中には、町奉行など屁《へ》とも思わぬ風潮があった。

「牧野が参らぬほうが、ご当家にとって後々よかろうかと思いまして」

「なんぞ津田の家に不都合があると申すか。用件を手短に申せ」

定鉦はこめかみに青く血管を浮き上がらせ、今にも癇癪《かんしゃく》が破裂しそうだった。

だが、笹塚孫一は語調ひとつ変えることなく、

「弓場家のことにつきまして、津田様のご決断を仰ぎたく参上いたしました」

「なにっ、当家のことではなく弓場家のことだと。おのれ、津田定鉦をたばかりおって面会いたしたか」

ついに定鉦の怒りが爆発した。

御用人の顔が蒼白になった。

「いえ、ご当家に関わりがございます。まずは話をお聞きいただいた上、今宵の参上が理不尽かどうかご判断願いましょう」

笹塚孫一はせいぜい小さな体の胸を張った。

しばし憤怒を鎮めるように沈黙していた定鉦が吐き捨てた。

「申せ」

「弓場雪岳様の奥方様は、津田様のご息女お門《もん》様にございますな」

笹塚はまず前置きした。

「津田様には、近頃の雪岳様の行状、お門様からお聞き及びではございませぬか」

「お門は軽々しく主家の行状など実家に喋るような女子《おなご》ではないわ」

「ごもっとも」

と頷いた笹塚がふいに磐音に向かって、

「弓場様の振る舞いをお話し申せ」

と命じた。

磐音はいきなりの言葉にしばし息を調え、定鉦に会釈すると話し出した。

「事の起こりは弓場様の御用人が日本橋の質商宝屋忠左衛門方に、明正帝の箱書きのある慶長笹書大判を質入れされたことにございます」

「なんと」

定鉦の口から最初の驚きが洩れた。

「大判は小判十枚が代価にございますが、朝廷よりの下賜金子ゆえ、二百両の質料にございました。弓場家ではすぐに大判を請け出されました」

定鉦と御用人が安堵の吐息を洩らした。

「その後も二度三度と質に預けられた後、四度目に請け出されるとき、この慶長笹書大判は当家のものではない、偽の大判だと申されて、宝屋の不始末に憤激なさいました。宝屋もこれはお預かりしたものですと抗弁しましたが、なにしろ偽の大判であることは間違いございませぬ」

「弓場家にそのような災難が振りかかったか」

定鉦が呟き、ようやく話に関心を示した。

「弓場様は宝屋の主と番頭を屋敷に呼ばれ、質の代金二百両と利息は別にして、詫び料として三百両を受け取られました」

「弓場家としては家宝に等しき大判の紛失、致し方あるまい。帝の箱書きのある慶長笹書大判を偽物に掏り替えるなど、まことにもって不都合である。町方としては質商を捕縛して厳しい詮議をなしたであろうな」

「いえ、捕縛も調べもいたしませぬ」

「なんと、怠慢ではないか」

「津田様、弓場家では家宝の慶長大判を何枚お持ちにございますな」

「朝廷が下されおかれる大判、何枚もあろうか。一枚に決まっておるわ」

磐音がその言葉に頷き、

「弓場雪岳様の御用人は、中橋広小路の両替商讃岐屋省兵衛方、さらには本両替町の角屋彦左衛門方に、紛失したはずの慶長大判を持ち込み、同様な手口にて二百三十両、三百両の詫び金を受け取られました」

「な、なんと申したか」

ようやく津田定鉦は娘のお門が嫁入りした弓場家の大事に気が付いた。

「津田様」

　と今度は笹塚孫一が言い出した。

「さらに質商三軒が、同様な手口で八百七十両を強請りとられております。おそらく被害はこれからも出るかと思われます」

「まことの話であろうな」

「宝屋では番頭が入水して自殺しました。さらに厄介が生じてございます」

「な、なにか」

「弓場様は、屋敷に呼ばれた質商や両替商の口封じに家康様のご拝領刀の和泉守兼定を振り回されて、ほれ、このとおり、神君家康様より、余に代わりて弓場歴代と兼定に世直しを命ず、とあるゆえ成敗する、と申されて詫び料を脅迫されたそうな」

　もはや定鉦は口が利けなかった。

　御用人は顔面蒼白で震えていた。

「津田様、なぜ弓場様がかような仕儀を繰り返されるか、推量がつけられますか」

　定鉦は激しく顔を横に振った。

「今をときめく吉原丁子屋の花魁白鶴を身請けするために、かような真似をなされたのでございます。その上、丁子屋を屋敷に呼ばれ、すぐにも白鶴を屋敷に連れて参れと強談判《こわだんぱん》なされました」

笹塚が一気に言い切った。

「なんという情けなき男よ」

「津田様、旗本諸家の監察糾弾は御目付の職分にございます。しかしながら被害に遭うたのは町人にございます。町奉行牧野が今宵こちらに伺えば、公になりかねませぬ。代役の私どもが参上した理由にございます」

「分かった」

と小声で応じた定鉦が一番の不安を訊いた。

「この一件、御目付は承知か」

笹塚孫一が大頭を横に振り、

「被害に遭った両替商、質商すべて、われら町方より口止めしてございます」

と言った。

このようなことは磐音とて与り知《あずか》らぬことだ。

南町の知恵者与力は周到に準備して津田家に乗り込んでいた。

「ですが、かようなことはいつの間にか外に洩れるものです。弓場様には贋金使《にせがね》いや家康様ご拝領の刀を脅しに使用した件と、重大な科《とが》がかけられております。公になればその身は切腹、弓場家改易ばかりか、ご当家にも累が及びましょう」

「な、なんぞ手がござるか」

と叫んだのは、同席していた御用人だ。

笹塚が磐音に目で合図を送った。

以心伝心、磐音は笹塚の言わんとすることを理解した。

「弓場家のご嫡男、春之丞様はご聡明な若様と聞き及びました」

「いかにも、十三歳の春之丞様は温厚にして、明晰なお子であられる」

御用人が答えた。

「もはや雪岳様にご隠居を願い、春之丞様に家督を譲る。さらには時節を見て、春之丞様に出仕を願う。これは上様のご信頼の厚い津田様なれば、無理なことではございますまい」

「それはできよう」

定鉦が自信を取り戻したように言い切った。

「確かに弓場の家を救うにはその手しか残されておるまい。しかし……」

と定鉦は言葉を切り、しばし考えに落ちた後、

「雪岳どのが承知しようか」

と疑問を呈した。

笹塚も磬音もなにも応じなかった。

「それがしと弓場の先代雪矩どのとは幼き折りからの知己でな、素読吟味から剣術まで一緒に励んだ仲だ。ゆえに雪岳どのとお門の祝言《しゅうげん》の話が持ち出されたとき、われらはこれで益々両家の交流が深まると喜んだものだ。ところが雪矩どのが亡くなられたときからわれらの不幸が始まった」

御用人が主の言葉に頷いた。

が、定鉦の口は閉ざされたままだ。

「私どもも、雪岳様があれほど短慮の方とは想像もいたしませんでした。城中で朋輩と諍いを起こし、茶坊主に傷をつける。亡くなられた雪矩様と定鉦様がどれほど陰でご苦労なされたか」

御用人が主に代わって事情を告げた。

すでに笹塚も磬音も承知のことだ。

「小普請入りなされた後、粗暴な振る舞いは屋敷で繰り返されておりました。定

鉦様が心を痛めておられるのは、お門様への乱暴にございます」

「これ、家の恥を」

と定鉦が御用人を諫めた。

が、御用人は首を振ると、

「いえ、申し上げます。あれではいくらなんでもお門様がお可哀想にございます。隠しておられますが、お体に青痣《あおあざ》が絶えぬこと、私めは承知しております。その上、遊女を身請けして屋敷に入れるなど、呆れ果てました」

「それがしが憂慮するのは、お門への乱暴がいつ春之丞らに移らぬかということじゃ」

今や定鉦の言葉は上様の御側衆として権力を振るう津田定鉦ではなく、父として祖父としての哀しみに彩られていた。

「坂崎」

と笹塚が言いかけた。

「なんぞ知恵はないか」

小さく息を吐き、短く瞑目した。

「津田様、ただ今、盂蘭盆会の最中にございます。お門様と三人のお子様を当家にお招きいただけませぬか」

定鉦の双眸《め》がぎらりとした光を宿し、磐音を見た。

「それが大事か」

「大事にございます」

定鉦は自らを納得させるように首を振り、

「よし、明後日、送り火の朝より、津田家の法要に事寄せてお門たちを呼ぶ」

と言い切った。すると御用人が、

「まさか雪岳様もおいでになることはございますまいな」

と不安を口にした。

「それは心配ございませぬ。われらにお任せくだされ」

と磐音が言い切った。

「津田様、今宵のわれらの用事、済みましてございます。これにて失礼をば」

笹塚孫一が辞去の挨拶をなした。

「待て、そなたの名はなんと申す」

「南町の年番方与力笹塚孫一。これにおりますは坂崎磐音にございます」

「世話をかける」

老人が頭を下げた。

「はっ」

「牧野どのによしなにお伝えしてくれ」

笹塚と磐音は、先ほどとは相貌と口調が一変した津田定鉦に平伏した。

二人は錦小路から御堀に出た。神田橋御門から鎌倉河岸《がし》へと歩を進めると、町屋の門口に二つ三つと迎え火が焚かれて燃えていた。

「坂崎、雪岳がお門様と三人のお子を素直に実家にやるだろうか」

「お門様方が留守のほうがよいと仕向ければいいことです」

「手があるか」

「吉原会所に出向き、四郎兵衛どのに掛け合って、丁子屋から明後日に花魁白鶴を屋敷にお連れすると言っていただきます」

「考えおったな」

「となれば、残る手は一つにございますな」

「雪岳を隠居に追い込む策か」

「はい」

「明後日、白鶴を身請けする気なら弓場の家では金子が要ろう。ところが、このところ質商も両替屋も用心して件《くだん》の慶長大判を預からぬ」

「それは笹塚様が回状を回したせいにございましょう」

「おおっ、それよ。それと一緒にな、あちらこちらの質商に、今津屋が珍奇な大判を集めておるということを吹聴しておいた」

「なかなかおやりになりますな」

「そなたほどではないわ。吉原からは身請けの通知がきた、金が要るとなると、今津屋に御用人どのが顔を見せよう。屋敷に入り込めるかどうか、そなたの腕次第じゃ。なにしろ、今津屋の後見だからな、そなたは」

磐音は笹塚孫一の大頭の下の顔を見たが、暗がりでその表情は読めなかった。

「坂崎、弓場の屋敷にはそなたとわしだけが参ることになる」

笹塚孫一は密《ひそ》かに処理すると言っていた。

「うまくいけば、御書院御番頭より応分のご挨拶があろう」

「はあ」

磐音は生返事をした。

竜閑橋に二人は差しかかっていた。

川面を猪牙舟が潜って乞食橋のほうに遠ざかっていった。

舳先に吊られた灯りが迎え火のように闇に溶け込んで、磐音の脳裏に奈緒の面影が浮かび、消えた。

四

翌日、坂崎磐音は吉原の大門を潜った。

朝の間の吉原は閑静の中に息を潜めていた。

仲之町の茶屋の軒先には燈籠《とうろう》が吊り下げられて、風に揺れていた。

これは享保十一年（一七二六）三月二十九日に亡くなった中万字屋《なかまんじや》勘兵衛《かんべえ》抱えの名妓玉菊《たまぎく》の追善のために、毎年七月朔日《ついたち》より晦日までかけられる玉菊燈籠だ。

「これはまたお早いおいでですな」

会所から顔を出した四郎兵衛が玉菊燈籠を眺める磐音に声をかけた。

「お願いの儀がございまして」

「ならば奥へ」

と誘う四郎兵衛に、簡単な用事にございますからと断り、

「明日、白鶴を三斉小路の弓場邸にお連れするという使いを、丁子屋から出していただけませぬか」

と頼んだ。

「やはり損な役回りが坂崎様に振り当てられましたか」

「仕方ありませぬ」

磐音は自らに言い聞かせるように応《こた》えた。

「承知しました。丁子屋もさぞほっとすることでございましょう」

磐音は頭を下げると、奈緒が眠る遊里を去った。

その昼過ぎ、磐音が台所で昼餉の素麺《そうめん》を食べていると、

「来たわよ」

とおこんが知らせてきた。

早々に店に戻ると、旗本二千三百石の弓場雪岳の御用人宇野源平が由蔵と話をしていた。

「内々に話が」

という御用人を早速奥座敷に招じ上げ、由蔵と磐音が応対することにした。

「今津屋では古き貨幣を集めておるという話だが、当家には曰く付きの大判が伝

わっておる。ちと手元不如意ゆえ売り捌きたいのじゃが、願いを聞いてくれぬか」

宇野は狐《きつね》のように尖った皺くちゃな顔で上目遣いに二人を見た。

「曰く付きの大判と申されますと」

「恐れ多くも明正帝の箱書きのある慶長笹書大判でな、弓場家のご先祖が京に滞在しておったとき、直《じか》に賜ったものだ。それゆえ品は確かだ」

「おいくらでお譲りなさりたいので」

「殿は千両と仰《おお》せじゃ」

「千両とはいかになんでも」

由蔵が呆れた表情を見せた。

「ともかく現物を見せていただくことになりますな」

「なれば、それがしと同道して屋敷に参れ」

横柄な口調で御用人が命じた。

「御用人様、今日は予定がいろいろとございましてな、無理にございますよ」

「なにっ、今日は駄目か」

小心者か、今度はがっくりとした。

「明日なれば、この番頭を屋敷に出向かせます」

「金子を持参してのことであろうな」

「即刻に買えと申されるので。ともあれ、現物を見ておもしろければ、買いましょう。この者、若うございますが目利きでございましてな」

「あのような珍品は滅多に世に出回らぬ。それゆえ殿は千両と仰せになっておられるのだ。千両を持参せよ」

「買い値は現物次第にございます。ともかく番頭一人では無用心にございますゆえ、もう一人、道中用心のための侍を供に付けさせます。よろしゅうございますな」

「仕方あるまい。朝の内じゃぞ」

「承知しました」

宇野源平の狐顔がほっと安堵に緩んだ。

弓場の御用人が戻った後、磐音は南町奉行所の笹塚孫一に宛てて、弓場の御用人が来たことを文に認《したた》めた。

その最後に、笹塚が用心棒として屋敷に同道することが許されたと付記して、小僧の宮松に届けさせた。

夕刻、気がかりな知らせが伊勢原宿子安村からもたらされた。

お艶が吐血したという知らせだ。

そのとき、奥の間には由蔵、おこん、そして磐音がいた。

「坂崎様、盆明けにも中川淳庵先生を伊勢原にお連れすることはできませんかな」

中川を訪問したことと、中川の身辺が多忙を極めていることを二人には報告してあった。

「積年の訳業『ターヘル・アナトミア』が追い込みと申しておられましたが、これから相談に伺って参りましょう」

蘭医の中川淳庵は杉田玄白《すぎたげんぱく》、前野良沢《まえのりようたく》らとともに、江戸の版元須原屋市兵衛《すはらやいちべえ》方より、『解体新書』と訳された解剖の手引き書の刊行を目前にしていたのだ。

そんな折り、無理を聞いてくれるかどうか、磐音は中川淳庵に会うために昌平坂の若狭小浜藩を訪ねた。すると頬のこけた中川が、

「坂崎さん、いつから大小を捨てたのですか」

と町人風の装いを笑った。

「ちと事情《わけ》がありまして、かような格好をしております」

「過日も訪問されたというに、文も出さずに申し訳ない。いよいよ『解体新書』が来月刊行されることが決まりました。このところ徹宵続きで、気にしながらも失礼した」

と頭を下げた中川が、庭でも散策しますかと誘った。

二人は春先に歩いた庭に向かった。

「多忙な中川さんに恐縮だが」

と前置きして、磐音は用件を伝えた。

「お艶様の容態が急変しましたか」

顔を曇らせた淳庵が、

「ここまでくればわれらの仕事も峠は越えた。それがしが二、三日抜けても支障はありますまい。同道しましょう」

と快く受けてくれた。

「おおっ、行ってくれますか」

「厚木宿の今村梧陽先生は、評判の高いお医師にございます。梧陽先生の手に負えぬ病人を私が診たとて、お艶様のお加減が快方に向かうことは万々ありますまい」

と淳庵は言い、

「それでもよろしいですか」

と訊いた。

磐音は友の好意に黙って頭を下げた。

磐音は夕暮れの昌平坂を額に汗しながら両国西広小路へと戻りつつ、お艶のかたわらに寄り添う吉右衛門の心中を慮《おもんぱか》っていた。


翌日、江戸の町を、風呂敷に包んだ千両箱を担いだ町人と、その護衛役にえらく小柄な侍が長い大小を腰に差し込んで歩く姿が見られた。

むろん坂崎磐音と笹塚孫一の二人組だ。

笹塚は町方与力の継ぎ裃《かみしも》ではなく、ちょっとくたびれた着流しに袴姿だった。

すれ違った人たちが、

「なんでえ、あの二人はよ。仁王様のようにでけえ番頭によ、えらくなりの小さな大頭が従っているが、あれで役に立つのかえ」

「馬鹿、人はなりじゃねえや。あの大頭はよ、なにのなにがしと評判の剣術の達人だ」

「そうかねえ、そうは見えないがねえ」

二人はひたすら愛宕権現社の北、三斉小路を目指した。

弓場邸近くですれ違った定廻り同心の木下一郎太が、

「笹塚様、お門様と三人のお子は、実家にお戻りのために屋敷を出られました」

と囁いた。

「よし」

笹塚が小さな声で答え、弓場邸の門前に奇妙な二人連れが立った。

「両替商今津屋から参りました」

磐音の声に門番が、

「聞いておる。奥へ通れ」

と玄関番の若侍に合図した。

二人が門を入るとなぜか長屋門が閉じられた。

「おおっ、待っておった」

御用人の宇野が狐顔に満面の笑みを浮かべ、

「ささっ、上がれ、上がってくれ」

と言いながら、貧弱な用心棒を見た。

「こちらが供か。ならば、控え部屋にて待たれよ」

宇野が命じたが、磐音が、

「御用人様、今津屋の習わしにございます。大金の絡む商いには二人一緒が決まりでございます」

「なにっ、この者も奥へと」

宇野は改めて、五尺そこそこの小軀《しょうく》にえらく長い刀を不釣り合いに差し込んだ笹塚孫一の風体《ふうてい》を見て、

「仕方ない、付いて来られよ」

と許しを与えた。

廊下を歩いていくと木剣を打ち合う音が響いてきた。

旗本小普請組弓場播磨守雪岳は、片肌脱ぎになって真剣を振るっていた。

「殿、今津屋の番頭が参りました」

宇野の言葉に、顔を真っ赤にした雪岳が、

「さようか。金子を置いて早々に立ち去れ」

と磐音らの機先を制するように命じた。

磐音と笹塚は廊下に座したところだ。

「商いにございます。恐れ入りますが、お品を拝見させていただきとうございます」

「なにっ、弓場家が売りに出す品を改めると申すか」

雪岳が真剣を手に構えたまま、磐音を睨《にら》んだ。

磐音は会釈した。

「宇野、大判を見せよ」

「はっ」

と畏まった御用人が座敷に入り、違い棚の前に磐音たちに背を向けて座り、御文箱から袱紗包みを出した。

「番頭、これだ」

「拝見いたします」

磐音が袱紗包みを解くと桐の箱が姿を見せた。

箱の上には明正帝直筆の感謝の意を含んだ和歌が達筆で記されて、御名もあった。

「さすがご立派な箱書きにございますな」

「当たり前だ。旗本八万騎といえども、弓場家のように神君家康様ご拝領のお刀と朝廷の下賜の大判を所蔵する家はないわ。その家宝の一つを譲ろうと申すのだ、千両でも安いわ」

「ではございましょうが、商いは商い」

磐音は桐箱の蓋を取った。すると真綿に包まれた慶長笹書大判が燦然《さんぜん》とした黄金色を放ってあった。

江戸時代に鋳造された三つの大判の中でも、金三十四匁《もんめ》六分、銀七匁九分、銅一匁六分、総量四十四匁一分の慶長笹書大判は、堂々たる風格であった。

「後藤家の書判もおきれいにございますな」

「どうだ、番頭。千両は納得したであろう」

磐音は広げた袱紗包みに載せた大判と桐箱を宇野の前に置き、

「やはり千両はちとお高いかと」

と首を振った。すると片肌脱ぎの弓場雪岳が、

「番頭、朝廷所縁《ゆかり》の大判を値切るつもりか。おのれ、弓場の家を愚弄《ぐろう》しおって、そこに直れ。家康様ご拝領の和泉守兼定の錆《さび》にしてくれるわ」

と抜き身を振り回した。

すると笹塚孫一が腰を抜かしたように座ったまま後退りして、磐音が頭を擦り

付け、

「殿様、申し訳ございません。千両にてお引き取りいたします」

と謝った。

にたりと笑った雪岳が、

「宇野、商いは成った。最後にな、大判を先祖の仏壇にお捧げして手放す罪を詫びてくれ」

「承知しました」

宇野が袱紗包みを両手に捧げて仏間に消えた。

磐音は庭を見た。

十人ほどの男たちが稽古着姿で木刀の打ち込みをやっていた。だが、それとは別に居合いの稽古を黙々と続ける中年の武士があった。

弓場の屋敷に滞在するという不伝流居合いの達人荒木応助であろう。

「待たせたな」

宇野が再び姿を見せて、しっかりと包まれた袱紗を差し出し、

「金子をいただこうか」

と磐音が担いできた千両箱に目をやった。

「その前に、今一度お品を拝見させていただきます」

磐音が袱紗に手をかけたとき、宇野が悲鳴を上げ、

「おのれ、重ね重ね弓場家を愚弄いたすか」

という雪岳の怒声が響いた。

「はい。千金の商いにございますれば、念には念を入れませぬと」

磐音が袱紗を片手で摑み、
ぱらり
と廊下に広げた。

すると箱の蓋が外れて慶長笹書大判が出てきたが、箱も大判も掏り替えられていた。

「先ほどのものとは違いますな。弓場雪岳様、二千三百石のお旗本がなさることではありませぬな」

「おのれ！」

「この大判と箱には、ほれ、ちょうどこの千両箱がお似合いでございますよ」

磐音の言葉に笹塚孫一が風呂敷包みを解くと、千両箱を、
よいしょ！

と抱え込み、庭先に投げた。すると蓋が開いて石が転がり出た。

「な、なんと、おまえらは何者だ！」

と雪岳が叫んだ。

笹塚孫一がかたわらの備前包平《かねひら》を、
すうっ
と磐音のかたわらに滑らせながら、

「南町奉行所年番方与力笹塚孫一にござる」

「不浄役人が、家康様以来の弓場家に何用あって入り込んだ！」

「知れたことだ。朝廷と家康様の御名を騙《かた》って、偽の大判で一稼ぎしようなんて、旗本が聞いて呆れるぜ。おまえたちの悪事はすでに明白。最後くらい、旗本二千三百石の大身らしくしねえな」

小柄な体が胸を張って、火を吐くような啖呵《たんか》を切った。

「かまわぬ。二人とも叩っ斬ってしまえ！」

弓場雪岳が荒木応助と一統に命じると庭木に立てかけてあった朱塗りの大槍を摑んだ。

木刀を捨てた一統が剣を握った。

そのとき、廊下から熨斗目《のしめ》麻裃の老人が、慌て騒ぐ玄関番の若侍を従えて姿を見せた。

「これは、舅《しゅうと》どの」

津田石見守定鉦がそれには答えず、廊下に座した。

「舅どの、なんの真似か！」

槍の石突《いしづ》きを地面に打ちつけた雪岳を無視した定鉦が、磐音を見た。

磐音は会釈すると、包平二尺七寸を棒縞の単衣の腰に手挟《たばさ》み、庭に下りた。

すると荒木応助が仲間たちを制して、磐音の前に立ちはだかった。

「不伝流荒木どのか」

「そなたは」

「神保小路直心影流佐々木玲圓門下、坂崎磐音にござる」

二人は一間の間合いで対決した。

弓場雪岳は大槍の柄を握り締め、歯軋《はぎし》りしながら戦いの推移を見守った。

磐音も荒木の剣も未だ鞘の中だ。

荒木の腰がわずかに沈み、止まった。

磐音はわずかに両の足を開いた姿勢で静かに立っていた。

居合いの達人に磐音も抜き打ちで対決しようとしていた。

気だるい夏の時が静かに流れていく。

二人の対決者の間に流れる時が濃密に膨らみ、その瞬間を迎えた。

「おうっ！」

荒木の口から低い気合いが洩れ、滑るように突進すると鞘に手がかかった。

後の先。

磐音の腰がその場でゆっくりと沈み、伸び上がるように腰が浮かされた。と二尺七寸の長剣が一条の光となって、円弧を描いた。

二人の抜き打ちは二つの死の光を描きつつ、交錯した。

一瞬先に胴に届いたのは磐音の大包平だ。

げえぇっ！

深々と荒木応助の胴が薙ぎ斬られて、荒木の体が硬直したように竦み、
手の内の剣が、
ぽろり
と地面に落ちた。

そして、前屈《まえかが》みに倒れ込んでいった。

津田定鉦と笹塚の口から同時に呻き声が洩れた。

磐音は目の端で、弓場雪岳が朱塗りの大槍を扱《しご》いて突きかけるのを認めた。

伸びてきた真槍の千段巻《せんだんまき》を包平が柔らかく弾くと、するすると内懐に入り込んだ。

東軍無敵流の槍の達人弓場雪岳は手元に槍を手繰り寄せた。

槍は突きよりも引きが難しい。

それだけに雪岳は迅速に手繰り、二の手を突き出そうとした。

だが、予測を遥かに超えた磐音の動きだった。

槍の間合いを一気に外され、内懐に入り込まれた雪岳が手の槍を捨て、腰の一剣に手をかけようとした。

その瞬間、白い光が眼前を横切り、喉元に冷たい痛みが走った。

弓場雪岳が最後にこの世で認めたのは、迅速に伸びてきた白い光だった。

崩れるように屋敷の庭に倒れ込んだ雪岳の喉から血が噴き出し、痙攣が起こった。が、すぐに鎮まった。

死の匂《にお》いが漂う庭に磐音がすっくと立って、

「お手前方、これ以上の戦いは無駄であろう。当家を去られよ」

と命じた。

十人ほどの武芸者が早々に庭先から消えた。

磐音は血振りすると包平を鞘に納め、津田定鉦に会釈した。

「造作をかけたな」

定鉦の声はあくまで優しかった。

その視線が眼光鋭いものに変わり、御用人宇野源平に向けられた。

「そなた、主の行状を見逃したばかりか、結託して偽大判を用い、詐欺行為を繰り返した罪、許し難し。そのほうも侍の端くれなれば、身の処し方くらい存じておろう！」

定鉦の峻烈《しゅんれつ》な言葉が投げられ、宇野はさらにがたがたと五体を震わせた。

磐音は笹塚と視線を交えて合図し合い、その場から消えた。

送り火の夜、磐音は今津屋に泊まることにした。

翌朝、中川淳庵を伴い、伊勢原宿子安村に出立するためだ。だが、その夜、哀しみの知らせが記された文が届いた。

「なんと、お内儀様が……」

由蔵は絶句すると声を上げて泣き出した。

由蔵の手から落ちて広がった吉右衛門の文字が見えた。

〈……お艶はわが腕の中で、あのように楽しい大山詣ではございませんでしたと言いながら息を引き取りました。野辺の送りはもはや伊勢原にて済ませました……〉

磐音は中川淳庵に旅がもはや要らぬようになったと知らせるために立ち上がった。するとおこんが、磐音と視線を合わせると堪らず磐音の胸に飛び込んできて縋り付き、大声を上げて泣き出した。

磐音はおこんの震える肩を抱きながら、

(お内儀どのは送り火とともに黄泉《よみ》の国に旅立たれたのだ)

と短い旅の一景一景を脳裏に思い浮かべていた。

本書は『居眠り磐音 江戸双紙 雨降ノ山』（二〇〇三年八月 双葉文庫刊）に
著者が加筆修正した「決定版」です。

編集協力 澤島優子
地図制作 木村弥世
DTP制作 ジェイ エスキューブ

文春文庫

定価はカバーに
表示してあります

雨《あ》降《ふり》ノ山《やま》
居眠《いねむ》り磐音《いわね》（六）決定版《けつていばん》

2019年5月10日　第1刷

著　者　佐《さ》伯《えき》泰《やす》英《ひで》
発行者　花田朋子
発行所　株式会社 文藝春秋

東京都千代田区紀尾井町 3-23　〒102-8008
TEL 03・3265・1211㈹
文藝春秋ホームページ　http://www.bunshun.co.jp
落丁、乱丁本は、お手数ですが小社製作部宛お送り下さい。送料小社負担でお取替致します。

印刷製本・凸版印刷
Printed in Japan
ISBN978-4-16-791282-6

居眠り磐音

友を討ったことをきっかけに江戸で浪人暮らしの坂崎磐音。隠しきれない育ちのよさとお人好しな性格で下町に馴染む一方、〝居眠り剣法〟で次々と襲いかかる試練と敵に立ち向かう！

※白抜き数字は続刊

居眠り磐音〈決定版〉順次刊行中！

① 陽炎ノ辻《かげろうのつじ》
② 寒雷ノ坂《かんらいのさか》
③ 花芒ノ海《はなすすきのうみ》
④ 雪華ノ里《せっかのさと》
⑤ 龍天ノ門《りゅうてんのもん》
⑥ 雨降ノ山《あふりのやま》
⑦ 狐火ノ杜《きつねびのもり》
❽ 朔風ノ岸《さくふうのきし》
❾ 遠霞ノ峠《えんかのとうげ》
❿ 朝虹ノ島《あさにじのしま》
⓫ 無月ノ橋《むげつのはし》
⓬ 探梅ノ家《たんばいのいえ》
⓭ 残花ノ庭《ざんかのにわ》
⓮ 夏燕ノ道《なつつばめのみち》
⓯ 驟雨ノ町《しゅううのまち》

⑯ 螢火ノ宿 ほたるびのしゅく
⑰ 紅椿ノ谷 べにつばきのたに
⑱ 捨雛ノ川 すてびなのかわ
⑲ 梅雨ノ蝶 ばいうのちょう
⑳ 野分ノ灘 のわきのなだ
㉑ 鯖雲ノ城 さばぐものしろ
㉒ 荒海ノ津 あらうみのつ
㉓ 万両ノ雪 まんりょうのゆき
㉔ 朧夜ノ桜 ろうやのさくら
㉕ 白桐ノ夢 しろぎりのゆめ
㉖ 紅花ノ邨 べにばなのむら
㉗ 石榴ノ蠅 ざくろのはえ

㉘ 照葉ノ露 てりはのつゆ
㉙ 冬桜ノ雀 ふゆざくらのすずめ
㉚ 侘助ノ白 わびすけのしろ
㉛ 更衣ノ鷹 きさらぎのたか 上
㉜ 更衣ノ鷹 きさらぎのたか 下
㉝ 孤愁ノ春 こしゅうのはる
㉞ 尾張ノ夏 おわりのなつ
㉟ 姥捨ノ郷 うばすてのさと
㊱ 紀伊ノ変 きいのへん
㊲ 一矢ノ秋 いっしのとき
㊳ 東雲ノ空 しののめのそら
㊴ 秋思ノ人 しゅうしのひと

㊵ 春霞ノ乱 はるがすみのらん
㊶ 散華ノ刻 さんげのとき
㊷ 木槿ノ賦 むくげのふ
㊸ 徒然ノ冬 つれづれのふゆ
㊹ 湯島ノ罠 ゆしまのわな
㊺ 空蟬ノ念 うつせみのねん
㊻ 弓張ノ月 ゆみはりのつき
㊼ 失意ノ方 しついのかた
㊽ 白鶴ノ紅 はっかくのくれない
㊾ 意次ノ妄 おきつぐのもう
㊿ 竹屋ノ渡 たけやのわたし
51 旅立ノ朝 たびだちのあした

書き下ろし〈外伝〉

① 奈緒と磐音 なおといわね
② 武士の賦 もののふのふ

（　）内は解説者。品切の節はご容赦下さい。

燦 7 天の刃
あさのあつこ

田鶴藩に戻った燦は、篠音の身の上を聞き、ある決意をする。城では圭寿が、藩政の核心を突く質問を伊月の父・伊佐衛門に投げかけていた——。少年たちが闘うシリーズ第七弾。

あ-43-17

燦 8 鷹の刃
あさのあつこ

遊女に堕ちた身を恥じながらも燦への想いを募らせる篠音に、伊月は「必ず燦に逢わせる」と誓う。一方その頃、刺客が圭寿に放たれ——三人三様のゴールを描いた感動の最終巻！

あ-43-18

男ッ晴れ 樽屋三四郎 言上帳
井川香四郎

奉行所の目が届かない江戸庶民の人情と事情に目配りし、事件を未然に防ぐ闇の集団・百眼《ひゃくまなこ》と、見かけは軽薄だが熱く人間を信じる若旦那・三四郎が活躍する書き下ろしシリーズ第1弾。

い-79-1

千両仇討《あだうち》
寅右衛門どの 江戸日記
井川香四郎

なんと本物のお殿様におさまってしまった与多寅右衛門、さっそく藩政改革に乗り出すが。古典落語をモチーフにした人気シリーズ第四弾は、人情喜劇にして陰謀渦巻く時代活劇に？

い-79-19

殿様推参
寅右衛門どの 江戸日記
井川香四郎

潰れた藩の影武者だった寅右衛門どのが、いまや本物の殿様にして若年寄。出世しても相変わらずそこつ長屋に出入りし、仲間とともに幕政改革に立ち上がる。ついに最後？の大活躍。

い-79-20

ちょっと徳右衛門 幕府役人事情
稲葉 稔

剣の腕は確か、上司の信頼も厚いのに、家族が最優先と言い切るマイホーム侍・徳右衛門。とはいえ、やっぱり出世も同僚の噂も気になって…新感覚の書き下ろし時代小説！

い-91-1

ありゃ徳右衛門 幕府役人事情
稲葉 稔

同僚の道ならぬ恋を心配し、若造に馬鹿にされ、妻は奥様同士のつきあいに不満を溜めている。リアリティ満載の新感覚時代小説！　家庭最優先の与力・徳右衛門シリーズ第二弾。

い-91-2

（　）内は解説者。品切の節はご容赦下さい。

稲葉　稔
やれやれ徳右衛門
幕府役人事情
色香に溺れ、ワケありの女をかくまってしまった部下の窮地を救えるか？　役人として男として、答えを要求されるマイホーム侍・徳右衛門。果たして彼は〝最大の敵〟を倒せるのか。
い-91-3

稲葉　稔
疑わしき男
幕府役人事情　浜野徳右衛門
与力・津野惣十郎に絡まれた徳右衛門。しまいには果たし合いを申し込まれる。困り果てていたところに起こった人殺し事件。徒目付の嫌疑は徳右衛門に――。危うし、マイホーム侍！
い-91-4

稲葉　稔
五つの証文
幕府役人事情　浜野徳右衛門
従兄の山崎芳則が札差の大番頭殺しの容疑をかけられた。潔白を証明せんと一肌脱ぐ徳右衛門。が、そのせいで妻のあらぬ疑いを招くはめに。われらがマイホーム侍、今回も右往左往！
い-91-5

稲葉　稔
すわ切腹
幕府役人事情　浜野徳右衛門
剣の腕を買われ、火付盗賊改に加わった徳右衛門。大店に押し入った賊の仲間割れで殺された男により、窮地に立つことに。何よりも家族が大事なマイホーム侍シリーズ、最終巻。
い-91-6

上田秀人
遠謀
奏者番陰記録
奏者番に取り立てられた水野備後守はさらなる出世を目指し、松平伊豆守に服従する。そんな折、由井正雪の乱が起こり、備後守はその裏にある驚くべき陰謀に巻き込まれていく。
う-34-1

風野真知雄
妖談うつろ舟
耳袋秘帖
江戸版UFO遭遇事件と目される「うつろ舟」伝説。深川の白蛇、幽霊を食った男…。怪奇が入り乱れる中、闇の者とさんじゅあんの謎を根岸肥前守はついに解き明かすのか？　堂々の完結篇。
か-46-23